半个父亲在疼

庞余亮 著

GUANGXI NORMAL UNIVERSITY PRESS
广西师范大学出版社
·桂林·

半个父亲在疼
BAN GE FUQIN ZAI TENG

图书在版编目（CIP）数据

半个父亲在疼 / 庞余亮著. —桂林：广西师范大学出版社，2018.8（2018.10 重印）
ISBN 978-7-5598-1006-9

Ⅰ. ①半… Ⅱ. ①庞… Ⅲ. ①散文集—中国—当代
Ⅳ. ①I267

中国版本图书馆 CIP 数据核字（2018）第 141519 号

广西师范大学出版社出版发行
（广西桂林市五里店路 9 号 邮政编码：541004
网址：http://www.bbtpress.com）
出版人：张艺兵
全国新华书店经销
湖南省众鑫印务有限公司印刷
（长沙县榔梨镇保家村 邮政编码：410000）
开本：880 mm × 1 230 mm 1/32
印张：10 字数：200 千字
2018 年 8 月第 1 版 2018 年 10 月第 2 次印刷
印数：8 001~13 000 册 定价：58.00 元

目录

父亲在天上

报母亲大人书

绕泥操场一圈

永记蔷薇花

父亲在天上

每个儿子只能拥有一段父亲。

我是他的三儿子。

我写下的父亲仅是我眼中的父亲。

完整的父亲在天上。

四个“我”都在证明

能疼痛的不会衰老

而悲伤总会变得脸老皮厚

去湖南的火车上，我从清晨的车窗上

看见了母亲那张憔悴的脸

在北京，燕京啤酒之夜

在出租车的反光镜上

看见了父亲愤怒的表情

逝去的亲人总是这样

猛然扯出我在人间的苦根

这首《在人间》的诗仅仅九行，我写了将近五年，反复修改，从原来的二十行改到了十三行，再后来，我又把它改到了九行。

这九行诗的证明人有四个“我”：

1994年9月26日的我。

2003年5月15日的我。

2004年6月5日的我。

2005年9月27日的我。

1994年9月26日的我，是一个丧失了父亲的“我”。2003年5月15日的我，是一个丧失了母亲的“我”。在那两个时间里，我挤干了全身的泪水。但过了一段时间，那被悲伤和绝望挤掉的水，又莫名其妙地回到了我的身体中，我仿佛是一只可耻的储水皮囊。

2004年春天，我去北京鲁迅文学院学习。鲁迅文学院在朝阳区的八里庄，我们去得最多的是八里庄附近的几家湘菜馆，而和我们最亲近的当然就数燕京啤酒了。从中午喝到傍晚，又从傍晚喝到凌晨，几乎忘记了为什么来北京，又为什么要喝那么多的酒。6月5日的深夜，我坐在回鲁迅文学院的出租车上，没听清楚那京腔的出租车司机的长篇大论，因为我在反光镜中看到了父亲愤怒的表情。北京的灯可真亮啊，大街又是那么的空旷。我一个人拖着自己的影子回到宿舍里，狠狠地给了自己一耳光。

再后来，即2005年9月26日，我到湖南永州参加《诗刊》社的一次笔会，乘坐的是K1566夜车。火车非常慢，我一点也睡不着，好不容易熬到凌晨，我去洗脸，在火车盥洗间破旧的镜子里，我忽然看到了母亲那张衰老的脸，被心脏病和胆结石联合折磨后那张隐忍的脸。我又一次泪如雨下，但我用自来水和毛巾掩饰了那次痛哭。大多数人没醒来，火车还在继续向前开，群山一点点逼近我，又无奈地被火车甩开去。

四个“我”都在证明，我被自己甩在了那漫长漫长的铁轨上。

原谅

即使再暴躁的父亲也有温柔的时候，比如在那只运甘蔗的船上。

这是我们家种了一个季节的甘蔗。

甘蔗们又长又锐利的叶子在我的脸上和胳膊上割了起码一百道伤口。

那一天，装满甘蔗捆的水船在河中显得很沉。

我坐在甘蔗捆的堆顶给撑船的父亲指路。父亲把湿漉漉的竹篙往下按，长长的竹篙就被河水一寸一寸地吃了，我知道竹篙已经快按到河底了。

我看到父亲要用力了。父亲埋下屁股往后蹲，蹲，然后一抽，船一抖，就缓缓地向前了。

甘蔗要运到城里去卖。我想，城里人究竟长了一副什么样的牙齿，能把这一船的红皮甘蔗全吃掉，然后再让父亲装一船白生生的甘蔗渣回来?

一只灰色的水鸟在河岸边低低地飞。

从小榆树河拐弯过去就是榆树河了，有点偏风，我已能听见船头在波涛的拍打下发出的一阵又一阵有节奏的声音。甘蔗船有点晃了。父亲脱光了上衣，他的胸膛有闪光的东西往下流。榆树河两岸的榆树就像拉纤的人，都弯着腰。

再后来，黄昏就来了。“早上烧霞，等水烧茶；晚上烧霞，晒死蛤蟆。”父亲说，明天是好天。他把竹篙往河中央一点，河中的碎金更碎了。

我的眼中全是金子。

后来，甘蔗船慢慢地变成了一团黑，这团黑在有点黑亮的河中缓缓地走着。我什么也看不见了，但眼中还是有东西在闪烁。我看见了无数只萤火虫在河里飞来飞去。还有无数只青蛙在呱呱地叫着，有的还不时地往河里跳，咚，咚，咚——像在敲鼓。父亲的竹篙在黑暗中也发出了咚的声音。

我再醒来的时候，满眼的星光。我摸了摸自己，又摸了摸身边的甘蔗捆，说，我想撒尿。

父亲说，三子，你想撒尿就往河里撒吧，这河里不知有多少人撒过尿了。

我撒完尿时身子还不由自主地打了个寒噤。接着，父亲也往河里撒尿，哗啦哗啦，哗啦哗啦的，声音大得惊人，持续的时间也长得惊人，河里的星星们都躲起来了。夜，更黑了。

再后来的细节就记不清楚了，但可以肯定的是，我没吃过甘蔗船上的一口甘蔗，父亲也没有。所有的甘蔗都被别人吃掉了。

从城里回家之后，父亲依旧，他的暴力依旧，那个脾气最好的父亲被那只空空的甘蔗船偷走了。所以，每次父亲抡着巴掌和拳头揍过来，我都会用一船的甘蔗来原谅他。

丽绿刺蛾的翅膀

父亲心情不好的时候多于好的时候，比如他对我们遗传了母亲的长相，比如他对我们遗传了母亲的笨拙。反正到了最后，所有的罪过都是因为母亲。

往往那时候，早早逃出了家的大哥给我的忠告是：千万不要争辩，随他骂去；骂是伤不了身的，总比被他打好。

其实父亲发怒的时候并不总是骂人和打人。那次我和他蹲在防洪堤下“点”黄豆，“点”的意思就是播种，父亲用大锹挖一个种黄豆的窝，我负责往里面丢五颗黄豆种。

防洪堤上有许多杨树，而杨树是最容易生那叫“洋辣子”的虫，此虫颜色鲜艳，如虫界中的小妖精。更可怕的，是它身上细微的刺毛，在空气中飘荡，落到我们的身上，那刺毛就开始钻入皮肤中攻击我们——又痒又疼，还不能抓，越抓越疼。不知道上天为什么要给人间安排这样阴险的虫子来惩罚我们。

我是在“点”黄豆的时候被“洋辣子”的暗器伤到了，还不止一处被伤到了。我想狠抓，又不敢抓，只能一边“点”一边哭。父亲对我的哭很是不耐烦，问清了我哭泣的原因，他说，为什么我没被蜇中？等到你脸老皮厚了，它就蜇不中你了。我不知道这是什么逻辑，呆呆地看着他。他又说，哪有男人哭泣的道理？不许哭！

但是我继续哭，一边“点”一边哭。父亲将手中的大锹插立在地上，对我说，过来，我给你治一治。

我就过去了。毫无防备。他从杨树的枝头逮到一只“洋辣子”，问我哪里疼，我指了指胳膊的位置，他忽然将那“洋辣子”往我胳膊上使劲一按，又拖行了一会——无数的疼，无数的痒在蔓延，我真的不哭了，但是我张大着嘴巴，嘴巴里含着我的六岁，那个六岁男孩的呐喊和哭泣，就这样神奇地逃窜到田野深处去了。

四道粗麻绳捆住了一匹马
四个麻铁匠抡起了大铁锤

钉马掌的日子里
我总是拼命地隔着窗户喊叫
但马听不见，它低垂着头，吐出
最后一口黑蚕豆……

这是我写的《马蹄铁——致亡父》的开头部分。我是把“洋辣子”当成了马来写的。多年后，我终于搞清楚了“洋辣子”的学名，它叫“丽绿刺蛾”，“洋辣子”仅仅是它的幼虫。待它成熟也会羽化成蛾，只是那蛾的颜色实在难看，灰暗，忧郁，满身无法报复的仇恨。

疼痛早已消失，步伐也越来越中年
我睁开眼来——
父亲，我自以为跑遍了整个生活
其实我只是跑出了一个马蹄形的港口。

半个父亲在疼

父亲中风了。父亲只剩下半个父亲了。

现在再看父亲，父亲怎么也不像父亲了。过去父亲像一只豹子，衣服挺括挺括，头发水光油亮——梳的是大背头，向后，把阔大的额头露出来；口袋中还装着小骨梳，时不时就掏出梳子梳一下。小时候的我经常羡慕那把小骨梳。父亲如果能亲亲我、抱抱我或者摸摸我该有多好，可父亲没有。父亲不但没亲过我，也没有亲过、抱过大哥二哥。大哥十四岁时曾与父亲打了一架，大哥被父亲打得脸都肿了，但大哥仍然在笑，把打断的半截骨梳递给流泪的母亲。

父亲的声音也变了。过去声音像喇叭，现在声音像从受了潮的耳机传出来的。这倒不完全是半个舌头的原因，而是因为父亲说话首先带着哭腔。比如，他叫我："三子，我要喝水。"我听上去就变成了"三子，我——要——喝……水……"这中间一停顿，一哆嗦，再加上不清楚的发音一拖，什么滋味都有。有时我会回他一句：“让你大儿子倒吧。”父亲听了会歪着嘴苦笑，涎水就挂了下来：“三子，我都这样了……你还记仇？”

我怎么能不记仇？！父亲把他的三个儿子当成了他算盘上的三个珠子，大哥出门上学，二哥出外当兵，只让我留在了他的手指中间。本来我也在那一年征兵中验上了兵，可父亲上蹿下跳，甚至说出了他对国家已仁至义尽，不能贡献两个儿子的话，弄得那个带兵的首长都感到这个老头不可思议。其实父亲的心思早由母亲告诉我了，父亲老了，他不能不留一个儿子防老。母亲还对我说：“我支持你出去，可你老子这时想到老了，当初他什么时候替你们把过一泡尿的。那一年我有病爬不起来，请他替你把一次尿，他理都不理……”就是这样的父亲，把我留在家里，父亲的目的实现了。大哥二哥在外地成家了，大哥结婚时甚至没有告诉父亲。父亲肯定是不指望大哥二哥了，他谈起他们时总说“那两个畜生”。奇怪的是我大哥说起父亲时也说“那个老畜生”。父亲中风了，我把消息告诉他们，大哥二哥像商量好了的，说他们工作忙。我知道他们的意思，原来在家里他们就联合起来骗我。我明明看到他们一起吃糖了，我还闻见糖味了，大哥说没有，二哥则信誓旦旦地说：“对，我发誓，没有，是他的嘴巴痒，舌头痒。”

我正要给父亲倒水，母亲就走了过来：“三子，别倒水给你爹，一会儿他不要尿在裤子上了，人越活越小了哇。”

父亲听了这话目光变了，他愤怒地看着母亲，满头白发的母亲也盯着他。“怎么啦，你这老不死的想吃了我？你怎么不躺在那个狐狸精那里，你这时候倒知道朝我身边一躺呢。”母亲越说越得意，声音禁不住变成了怪里怪气的普通话。说罢，母亲的腰身还扭了一扭，母亲这是在模仿着谁。

我被母亲的表演弄笑了。父亲的嘴张了张，不说话，头用力扭了过去。我听到他的喉咙里响了一声，又响了一声，然后他狠狠地朝地上吐了一口浓痰。

母亲像是什么也没看见似的走了，母亲得去打纸牌。纸牌是母亲悄悄学会的，父亲曾骂不识字的母亲是个笨蛋是个木瓜不活络，但母亲还是学会了打纸牌。她依旧保持每天下午去打一场纸牌，“两块钱进花园”。本来认为父亲中风了她会停下来，母亲说：“我想通了，为你们庞家苦了一辈子，我想通了。”

待母亲走后，我起身为父亲倒了一杯水。父亲用尚能活动的一只手接过来，只喝了半杯，剩下半杯就洒在了前襟上，并慢慢绽放。父亲的一行泪就滚下来了。父亲哭的样子很滑稽，一半脸像在哭，一半脸像在笑。

我回家时，父亲已经应了母亲的话，尿了裤子。母亲一边帮着父亲换裤子，一边对我说：“三子，我说不倒水给他你偏倒水给他，乖儿子啊，孝顺儿子啊。”我没有吱声。母亲可能换得很吃力，声音都喘了起来：“人要自觉一点，我病了我也自觉，这下可好了，又尿了。”

母亲给父亲换裤子的动作很大，父亲像个大婴儿在她的怀里笨拙地蠕来蠕去。一会儿我父亲就光着下身了，我看着光着下身的父亲，裆前的一团乱草已经变成了灰白色。要在以前，光滑水溜的父亲怎么会这样不注意形象。我把哆嗦不已的父亲扶坐在一张藤椅上，藤椅吱呀吱呀地叫。父亲重重叹了一口气。沉缓，滞重。我想替他擦洗一下，待我把水弄过来时，光着下身的父亲已经睡着了，涎水又流了下来。真的不像个人了，其实已经不像人了。

母亲说：“晚上给你大哥二哥写一封信，让他们回来。他们不要以为在外面就可以躲。躲是躲不掉的。三子，不是我有意见，你家里的也有意见。快，三子，快给那个老东西换裤子，她快回来了，看到了可不好。”

我胡乱地替父亲擦了擦，然后替父亲换裤子，他的一条腿像是假的，不，比假的更难穿裤子。换好裤子我又发现父亲的脚指甲和手指甲都已经很长了。这也一点不像他了。我记得我曾想跟父亲借一样宝贝，不是骨梳，而是父亲系在一串咣当咣当钥匙中间的指甲剪。父亲经常用它修手指甲，他边修还边阴阳怪气地说母亲。当时父亲没有把它从裤腰带上解下来给我，而是给了正在掏他腰上钥匙的我一巴掌，还对母亲说：“看，都像你，都像你一样木。”

我知道母亲是不会替他剪指甲的，我只好去抽屉里找来了剪刀。我对父亲说："我来给你剪指甲。"父亲没听懂，我又说了一遍。父亲就用好的左手把另一只不动的右手尽力搬到我的面前，像搬着一根棍子似的。我握住了父亲的右手，父亲的右手已变得说不出的怪：冰凉，又不冰凉。这只右手上的指甲长得又老又长，我用剪刀尽力地剪着，大拇指，食指，中指……

我说："爹，这是我小时候你打我的那只手吧。你那时候下手怎么那么狠呢，使劲地打我，一打五个指印，想到这我真不想替你剪。"父亲嘴里嘟哝了一句，听不清他在说什么。可能父亲在狡辩。正在洗衣服的母亲说："那时这个老东西正准备把我们母子几个都抛弃掉呢。"母亲说的声音不大，但父亲还是听见了，竟然回过头来对母亲说了一句什么，像是在呵斥。母亲甩着手中的肥皂泡沫说："你凶什么？你有什么资格凶？你现在不要凶，你现在归我管，不归那个骚狐狸精管。"

我还没替父亲剪完指甲，我爱人回来了。她什么也没说就冲进了房间。我进房间时，她大声地说："你把你的爪子好好地洗一洗，多用些肥皂。"我说："已经洗了。"她头也不回地说："再洗洗。"

清晨起来，母亲正在吃力地给父亲穿衣服。母亲经常说，"还不如把没用的一半给锯掉呢，锯掉反而好穿了"。父亲没有用的那只手的确很是累人。我正要过去帮忙，我爱人喊住了我："你娘叫你写的信呢？"我说："还没写。"她的脸变长了：

“你为什么舍不得你大哥二哥就舍得你娘啊。他们不是你老子生的吧。”我说：“你吵什么？你吵什么？大哥他们忙。”说着我就把她推进门里面，并低声叫她不要吵了。她的嗓音更响了：“他们忙个屁，你大哥一家正在青岛旅游呢。”我正准备再说，可门外面有重物落地的声音传来了。我知道不好，父亲掉到地上了，只剩下半个身子的父亲重心不稳了。

我和母亲吃力地把父亲抬上了床。父亲似乎并不疼，他什么也不说，靠在床头，眼睛呆呆地看着墙上的相框。我问：“你摔疼了没有？”父亲不说，依旧看着墙上的相框。相框里是大哥穿着西装的照片，二哥穿着军装的照片。母亲说：“老神经了，三子在问你。”父亲好像没有听见似的。母亲又说了一句：“老神经，怕是不行了，三子，你在信中写上一句，老头子不行了，叫他们全部回来。”

父亲突然开了口：“你敢。”我还看见那已经残疾的右手动了动。父亲说完重重叹了一口气，眼睛依旧盯着墙上的相框。母亲说：“看吧，看吧，这些可都是你的乖儿子！”父亲没理母亲，眼皮耷拉上了。我爱人飞也似的逃出了家，临走时依旧把门重重地关上了，一股小旋风把墙上的日历纸吹得哗啦哗啦响。

母亲说：“三子，你家里的还没吃早饭吧？你们为什么还不要孩子？我还能为你们带上几天呢。”

我没有理母亲：“不管她，她又不是小孩。”

母亲就抹开了眼泪：“老东西，都是你，在外面胡搞，狐狸精能碰吗？这倒好，小的都跟着受罪。”我是最不愿看到母亲流泪的。那时当父亲把母亲骂哭，我也是常常跟着哭的。

我心里酸酸的，从药瓶里倒出一堆药。莲子样的华佗再造丸，回春丸，活络丹。我说：“我去单位了。”

下午还没回家，我的耳朵就火辣辣的，我知道家里肯定出事情了。下了班，我急急往家里赶，开了门一看，父亲依旧躺在床上，我早上数好的药仍然在桌上。我低声问母亲：“怎么回事呢？”母亲说：“老东西又犯神经了，他不吃药也不吃饭了。”

我走过去叫了声：“爹。”父亲闭着眼。我伸手去摸他的鼻子，他还活着。我又说：“爹，叫大哥回来也叫二哥回来，立即乘飞机回来，我去打电报。”说罢我就往外走。父亲终于睁开眼来，说：“三子，求求你们了，或者让我死，或者把我送到国外去治，把我治好了，我做牛做马来回报你们。”

母亲听了呸了一口，又呸了一口。“老东西，人家医生不是说了嘛，没有特效药。中央首长也这么看。你吃了多少药了，两万多块钱啊，都扔下水了。”

父亲说：“吃了又没用，我就不吃药。”

我说：“不吃药？！那会再次中风，病情更重，连这只膀子也会废掉。”

父亲嘟哝说：“当初你们为什么要救我？”

我不再说话了。父亲依旧问了一句：“当初你们为什么要救我？”

我看着这个不像父亲的父亲心里说：“为什么要救你，你是我父亲呢。不救你我们就没有父亲了。好在现在还有父亲在面前啊。”现在想起来，在医院的那三天三夜真是太苦了。

父亲依旧问：“当初你们为什么要救我？”

母亲说：“神经病，你死嘛，有本事你现在就去死。”

晚上我给大哥二哥写信。记得小时候总是母亲让我写信。给大哥写信，给二哥写信。可是回信总是父亲拆了看，看完了就把信摔在桌上，然后气冲冲地走了。他向外面打的两个“算盘珠子”在信中从不问候他，尽管信封上写的是他的名字，他的大名。

我在信中写道，父亲情绪不好，母亲情绪也不好，我们都好。我爱人看了后说：“请把我的名字划掉。”我只好把“我们”的“们”字划掉。划了之后信纸上就多了个墨团，我索性撕了，又重新写道，父亲情绪不好，母亲情绪也不好，我很好。写完了我问自己，我很好吗？

我在信上继续写道，父亲经常发脾气，母亲也发脾气。大哥二哥要是你们都很忙的话，你们就不回来。如果不很忙，就回来一趟看看父亲，看一眼少一眼了。

我和爱人吵了一架，声音很响，我估计外面的父亲和母亲都听见了。到了凌晨，我看着爱人那样子，前几天陪她去妇产科取化验结果时她像只小鸟，现在成了老鹰了。为了她肚子里的孩子，我把我写好的信拿到她面前一片一片地撕了，她不哭了。

我又写信了，大哥二哥，父亲情况不好，母亲情况也不好……

我们一起走出房门时，父亲已经被穿好衣服坐在藤椅上了，母亲也烧好了早饭。我想，他们肯定也一夜未睡。

母亲好像想说什么，但最终没有说。耷拉着头的父亲反而叫了一声我爱人的名字。

小文回过头来，说了一声："我和三子出去吃早饭。"

我们来到外面，她走了一会儿终于开口了：

"姓庞的，你真的挺会装孙子。"

一个星期过去了，大哥二哥依旧没有回来的迹象。我爱人很是不满，出门时带门声很重，有时她关门，母亲和父亲的身体都不由自主地跟着震动一下。

到了第九天晚上，大哥回来了，就大哥一个人。当时我正在看电视，我爱人正在打毛衣。父亲已经被脱了衣服躺在床上。母亲问起大嫂，大哥说大嫂忙。母亲又问起了她的大孙子，大哥说他上学。父亲睁开眼来，大哥上前扶起父亲穿上了上衣。父亲就哭了起来，老泪一行一行地往下掉。母亲也哭了起来，最后大哥也哭了起来。

我出去的时候的确什么也哭不出来，大哥红着眼睛说：“三子，我给老二挂了电话，老二有任务，不能回来。”说着大哥掏出一个信封：“这是我和你二哥给父亲的五千块钱，你多担待一点，小文也多担待一点。”

大哥说：“老三，我知道你为了父亲，没有生小孩，父亲也没有几年好活了。我也很苦的，你大嫂你又不是不知道，你二嫂你也不是不知道，只有你爱人最好。”

我爱人不知什么时候站在了门口，说：“大哥，你不要给我戴高帽子，只要你们知道我们的苦就行了。这五千块我们不要，给娘。”

母亲说：“我也不要，给你老子。你老子总是问，又把钱花到哪儿去啦。想当年，他把钱都花到了那个狐狸精身上，我问过他一句了吗？现在他可好了，管事了。”

大哥说：“娘，你看你。”

父亲笑了。父亲笑得很滑稽，有点像哭，有点像笑。父亲伸出左手想接住那装有五千块钱的信封。

母亲一把夺了过去：“还是给我吧。”

大哥在家里只住了一夜，我让爱人回了娘家，大哥跟我睡。本来大哥想换母亲服侍一夜父亲。母亲说：“不要脏了你的手，你有这个心就得了。”

我和大哥都没睡，我还开玩笑地对大哥说：“大哥，你怎么这么尊敬他了，你不是叫他‘老畜生’的吗？”大哥没有回答我，叹了口气。大哥变得很胖了，我说大哥你要当心遗传啊。大哥又叹了口气。大哥在后来的话中反复暗示我，对父亲要“放开”点，我们已够“仁至义尽”了。大哥说他对我们又不怎么样，我们可以说是“自己长大的”。大哥说了两遍，怕我不懂，又仔细讲了一个国外安乐死的事。大哥的意思我懂。大哥怕母亲受苦。大哥在临走时又说了一句，要母亲“放开”点，然后使劲地握了一下我的手，匆匆地走了。

我估计他是偷着来的。大哥有点怕大嫂。大哥走后，母亲把五千块钱交给了我爱人。她推了一下，还是收下了。这一点，也不止这一点，她很像我母亲，真是“不是一家人，不进一家门”。

进入秋天后，父亲的状态越来越不行了。经常尿在身上。有时候在夜里，针灸过的右手和右腿都会不由自主地抽搐起来，把床板弄得咚咚咚地响，像是在敲鼓。母亲不说是敲鼓，母亲说是老东西又想打算盘了。母亲还说，你父亲快不行了。

父亲吃也吃得少了。原先刚中风那会儿他一点儿也不少吃，甚至还多吃。现在他吃得少多了，越来越瘦。父亲开始有点糊涂了，有时候居然对着母亲喊另外一个女人的名字。一开始母亲听了这话就骂父亲：“老不死的，你还在想着那个狐狸精啊，我看还是把你送到那个狐狸精那儿算了。”后来当父亲再对母亲喊那个名字时，母亲就用变了调的普通话答应了。

母亲的样子让我们觉得好笑，我和爱人都会笑起来。母亲也禁不住笑起来，笑着笑着眼泪就出来了，拭了一把，又是一把。母亲也老了。后来我们笑的时候父亲也跟着傻笑。父亲越来越糊涂了。有一次我们吃午饭时，他居然把屎拉在了裤子上，母亲给他换裤子时忍不住打了他后脑勺一下，父亲居然像小孩一样呜呜呜地哭了起来。

整整一个秋天，家里都充斥着难闻的气味。母亲抱怨道：“我够了，我真的够了，菩萨啊，还是让我先死吧。”

不光有这件事，这个秋天我爱人的妊娠反应非常厉害。她的呕吐声，母亲的唠叨声，父亲迷睡时的呼噜声，都令我惊惶不安。我憎恨这个秋天。

有一天夜里，我正做着吵架的梦，母亲敲响了我的门，说：“三子，你父亲不行了。”

我衣服也没穿就冲了出来。父亲无声无息地躺在床上。我握住他的右手，他一点反应也没有。我握住他的左手，他左手也没有一点反应。我挠他的左脚心，挠了一下没反应，我又使劲挠了一下，父亲的腿忽然一缩。父亲怕痒，父亲还没有死。

我还是不放心。我坐在父亲面前，想着天亮时应该给大哥打电报的事。屋子里不知什么秋虫在叫，声音很急，像一把锯子一样锯着这个夜晚，烦闷的锯声慢慢淹没了我。我看着一动不动的父亲，忽然忆起了父亲与我的种种细节，鼻子一酸，眼泪就落了下来。我想起了父亲第一次带我去看电影，第一次带我去澡堂洗澡，第一次带我去吃豆腐脑，第一次带我撑着一只甘蔗船去县城……

母亲见我流泪，说："三子，你是孝子，别哭了，人总有这一遭。"

外面的天渐渐亮了，父亲醒了过来，直喊饿，他让母亲给他喂粥。

粥烧好了，父亲只吃了两口就摇头不吃了。

父亲怕活不过这个冬天了。

我爱人依旧反应厉害。母亲很高兴。父亲似乎也很高兴。母亲好像还忘记了打纸牌这件事。记得她以前出去打纸牌，父亲就一个人守着收音机。如今收音机坏了，父亲也不想听了。父亲整天坐在藤椅上，藤椅已不像以前那样吱呀吱呀地响。他整天迷睡着，涎水流得更长。母亲开始给小孩做小衣服了。母亲悄悄对小文说："要趁早做，万一你父亲去了，就没时间了。"

父亲有时候醒过来还嘟哝那个女人的名字。这时母亲已没心思答应父亲了。也不骂父亲了。我爱人还就此事问母亲："那个女人……漂亮不漂亮？"

母亲却说："老东西已经傻了。"

不管父亲傻不傻，我爱人的肚子还是一天天地大起来了。我真担心有一天，父亲的死和孩子的生是同一天时间。我真不知道如何面对这样的生和死。或者是父亲死在前面，孩子出生在后面。或者相反。两样其实都不好。我整天都在为这个问题担忧着，有时候我听见父亲的鼾声停了，我就上前用手挠他的左手心。还没挠父亲就醒了，对我打了一个大哈欠，还嘟哝了一句，可能是说痒痒。还笑。笑得依旧很滑稽，笑得连口水也流出来了，收都收不住。

父亲死得非常突然。我们都睡着了。母亲也睡着了。母亲事后说她在那天晚上还梦见了那个女人，母亲在梦中和她纠缠在一起，最后母亲把那个狐狸精打倒在地，还拽着那个狐狸精的长发在地上拖，那个狐狸精一声都不叫。母亲就用脚踢她，狐狸精也不叫。母亲后来踢到了已经凉下来的父亲。母亲惊醒过来，发现父亲已经过去了。

我有点不甘心。我挠他的左手心，父亲不动。我挠他的左脚心，挠了一下，又挠了一下，父亲不动。我又去挠父亲的胳肢窝，父亲依然不动。我又俯下身去听父亲的心脏是否跳动，父亲的胸膛依旧什么也没有。泪从我的眼里冲了出来，我觉得我对不起父亲，我是一个不孝之子。我确确实实做了大哥所说的“放开一点”。父亲有很多要求我都没答应他。他多少次想让我教他学走路，我都嘲笑他。

母亲也哭了。母亲哭着骂着：“你这个老不死的，就这么死啦，就这么丢下我一个人了，还叫那个狐狸精跟我打架。”

我爱人也在抹眼泪，母亲说：“你回房间里去，你是有身子的人了，你保好身子就是孝顺。”

我开始替父亲净身。我用热毛巾擦父亲有点歪的脸，这有点歪的脸就像在笑，有点笑的父亲紧闭双眼。我用热毛巾擦父亲的身子，父亲身上有很多跌伤的瘀痕，父亲就是带着这满身的学步的伤痕走的。我用热毛巾替父亲擦背，父亲的臀部上有褥疮。我真是一个不孝之子。父亲，你再打我一下。母亲见我哭得很伤心，就反过来劝我：“三子，你这么伤心干吗？他那么打你你不记得了？”母亲这么一说我哭得更厉害了。

收殓时，母亲做了几个面饼。母亲说父亲是吃过狗肉的，去了阴间要打狗呢。但父亲的右手怎么也握不住，最后母亲用了一根她的头发把面饼绑在了父亲的手上。我不知道父亲到了阴间会不会把这根头发解开，把面饼掷向跟他索债的狗，父亲到了阴间会不会健步如飞。父亲死后，母亲总是梦见父亲拐腿的可怜样。而我在以后的梦中，一直梦见父亲是健步如飞的。

父亲在世时我一点也不觉得父亲的重要，父亲走了之后我才觉得父亲的不可缺少。我再没有父亲可叫了。每每看见有中风的老人在挣扎着用半个身子走路，我都会停下来，甚至扶一扶，吸一吸他们身上的气息，或者目送他们努力地走远。泪水又一次涌上了我的眼帘。我把这些中风的老人称作半个父亲。半个父亲在疼。

有关老韭菜的前因后果

父亲去世之后的第八年，我写下了这首《亲爱的老韭菜》。在这首诗中，我再次写到了父亲和母亲争吵中常常提到的那个狐狸精。

除了那年在县城火葬场
与父亲的最后一面，锈迹斑斑的大铁门
把我的泪水哐当震落
整整八年，我没有流过一次泪水
也没有说过父亲一次坏话
没有父亲的日子里，我只能说，母亲
我们继续炒父亲喜爱的炒韭菜
火要大锅要热油要沸盐要多铲要快
过去他吃韭菜，我泡咸汤
现在你吃韭菜，我泡咸汤

我能吃下三碗粗米饭

直到饱呃，像鱼泡一样升到童年的河面

母亲，捧了这么多年饭碗

我最好的食谱就是童年，就好像

父亲毫无理由地殴打

其实被自己父亲打，不值得骄傲

也不必羞耻。现在说起来

我一点也不疼了。八年了，我吃了八年炒韭菜

没敢说父亲一句坏话

我现在想说说：一年夏天

从未管过家务的父亲突然买菜

五斤老韭菜像一捆草，那么多

黄叶烂根。我拣了半天，你炒了一碗

老韭菜暧昧的女卖主

比老韭菜更加难以炒熟

母亲，你心平气和，不像我

猛然把韭菜汤泼掉

还泼掉了我的委屈的泪水

现在想起来，昔日的韭菜汤

不是因为太咸，而是因为太淡

八年了，父亲，今天说出了你的坏话

我有点孤单，有点酸楚

嘴里还有点幸福的咸味

火要大锅要热油要沸盐要多铲要快

母亲，我向你学习

我要把这没有父亲的生活

称之为亲爱的老韭菜

那个卖韭菜的女人就是母亲所说的狐狸精。我小时候就听过她的许多故事，也知道她的小名。为了讨母亲的欢心，我故意把那个女人的小名叫成一个非常难听的名字。母亲只要听到这样叫，就会笑。我不知道她是开心地还是不开心地笑。反正她笑了。

有时候，母亲也不让我说起那个卖韭菜的女人。

那女人过得其实很不幸。母亲说过她的年龄，比母亲小十岁。后来我见到她，发现她比母亲还要苍老。

母亲说她的男人早死了。

母亲说她只有一个女儿，招了女婿，但很不孝顺。

母亲说她现在主要的生活是跟人家做帮厨。

母亲说得很详细。我很怀疑母亲的情报来源，肯定不是父亲告诉她的，但又是谁告诉她的呢？

父亲去世的那一天，那个狐狸精在我们家门外徘徊过好几次，从她悲戚的表情看，她肯定不是想来帮厨。估计她想过来看父亲一眼，或者跟父亲告别。但母亲在家，这是绝对不可能实现的事。

后来我把这个故事讲给朋友听，朋友说，亏你还是搞写作的，难道你不尊重爱情吗？我不知道父亲和那个被我叫错了名字的女人之间的感情是不是爱情。亲爱的老父亲，无论你买过多少次老韭菜，无论我们又吃过多少次老韭菜，作为母亲的儿子，此时此地的自私是应该的。

母亲是我写完《亲爱的老韭菜》的第二年去世的，离父亲去世九年。二姑妈说我母亲过了九年好日子。母亲没回应这个评价，二姑妈说这话的时候，母亲已永远地离开我们了，她并不知道，我们兄弟三人是怎样把那个悲戚的女人拦在门外的。

卡夫卡的嗓门

蝉还在枝头呼唤。快两个月了，夜以继日，无所畏忌。蝉笨拙的、执着的、孤僻的呼唤，并没有在这沉默的人世里激起一丝波澜。

他实在太焦虑了。

躺在两根扁担上午睡的父亲的呼噜和蝉声完全不在同一个频率上。劳作了一个上午的父亲，呼噜沉闷有力，而得不到回声的蝉声嘶力竭。

在第一批露珠到达之前，最先变成"哑孩子"的，不是蟋蟀，而是那只整天听声不见面的蝉。

亲爱的洛尔迦，此时此刻的蝉，比蟋蟀更需要一滴露珠。

在蝉还没有变成"哑孩子"之前，他的语速依旧快如机关枪扫射，一大片一大片。他从不管别人是否听懂，总在急切地说着什么。

是的，他要说出内心汹涌澎湃的汁液，太阳在推他，土地在命令他，他必须马不停蹄地生长。那么阔大的叶子你们看到了吗？那么肥硕的花朵你们看到了吗？那么密集的果实你们看到了吗？

他的抒情无休无止，他的叙事更是密不透风。他有点像莫言小说《四十一炮》里的那个“炮孩子”，更类似于写《丰乳肥臀》时那个热情奔放的莫言，几乎没有缰绳可以绑得住田野里各种生命的孕育。

稻叶坚挺，棉花叶长成了梧桐叶。玉米们的长叶子仿佛一把长剑，无论谁走近它们，玉米叶都如母兽般毫不客气地刺将过来。山芋们则躲藏在招风耳的叶子下偷笑，裂开的土缝里露出了它们掉了乳牙般的慌乱。其实他是完全不需要慌张的，期末考试还没到来，甚至还没到期末复习的阶段。这是一段期中考试后的考试空白期。在这样的空白期里，这样的紧张和慌乱是徒劳的，亦是可笑的。

夜晚，萤火虫多了起来，它们是提着灯笼的小顽童，点了灯，并不翻书，只是到处访客，到处闲逛。如此自在，如此悠闲，这是他期待的成功吗？

萤火虫的夜晚，有多少深不见底的自卑，就有多少深不见底的迷茫。

父亲说，世上本无事，庸人自扰之。

父亲又说，一个人将来要有饭吃，要能文能武才行，你光能文，不能武，将来不可能靠吃纸吃字当饱。

他开始狡辩，并没有面对面地狡辩，而是在一张纸上。

窗外的蛙声一阵阵涌来。呱呱呱，呱呱呱。混杂在蛙声中的，还有癞蛤蟆的叫声，是短促的呱呱呱。可能癞蛤蟆的舌头比青蛙的舌头要粗短一些。

父亲是说他只是想吃天鹅的癞蛤蟆吗？可他并不知道天鹅长什么样。他只是见过家鹅。他曾在无人注意的情况下，快速奔跑起来，威胁在打谷场上觅食的一群鹅。鹅们先后飞了起来，翅膀扇起的风刮到了他的脸颊上，似乎是天鹅带来的风。但它们并不是天鹅。它们扑腾着很少用到的翅膀，飞得既不高，也不远，最后一只只落到了打谷场边的河面上。嘎嘎嘎地抗议。

他坐在打谷场的青石磙上注视着更远的地方，似乎听不见家鹅们的抗议声。对岸的父亲还在棉花地里除草，他应该是光着身子的。汗水太多太多，衣服会被汗水浸坏的。父亲让他也光着身子除草，他坚决不服从。棉花地里的第一批伏前桃已开了。青涩的棉桃突然吐出了雪白的棉絮，令他更要保守内心的秘密：他曾吃过一只刚刚结成的棉桃，那棉桃的汁液涌到他喉咙里的时候，他吃了一惊，柔软的棉花原来是这些微甜的汁液变成的啊。

打谷场的土无比松软，而休息了快两个月的青石磙周围全是茂盛的牛筋草。这牛筋草是童年他和父亲“斗老将”的玩具。现在他已没任何兴趣。再过一个月，收获季到了。青石磙会忙碌起来，父亲会毫不客气地除去打谷场上所有的野草，用河水将打谷场上的土浇透，再混上积攒下来的草木灰，拉起青石磙，将打谷场碾轧得结结实实。

在这结结实实的打谷场上，青石磙还要继续碾轧，碾轧那些不肯吐出口中果实的黄豆荚和早稻，坦白，再坦白。

他不想坦白。一个夏天没有盖过夹被的他，在萤火虫游走的夜晚里，那夹被令他感到了青石磙般的碾轧。

他不止一次地醒了过来，站到了院子里。院子里全是晚饭花的香气，率先结籽的晚饭花在嘀嘀嘀地往下落。父亲以为花是母亲种的。如果父亲知道是他移栽的，又会板着脸训斥，一个要顶天立地的男人，弄什么杂花乱草？

这株晚饭花与汪曾祺有关。这是他购买的第一本小说。绿色封面的。晚饭花在他们这里，叫作懒婆娘花。懒婆娘花，意思是到了黄昏时才开花。实在太难听了。他坚持叫它晚饭花。他甚至想，他就是走过王玉英家的那个少年李小龙。

父亲肯定不知道他竟然幻想自己是李小龙。但父亲反复对他说起了稗子这种寄生者。稗子混杂在稻秧中，稗叶和稻叶几成乱真，不到抽穗，稗子这个伪造者会继续跟跑下去，直到抽穗那几天，稗子突然发力，蹿高了个子。即使稗子的根系比普通的稻子扎得深，它也比不过父亲的手。父亲蹲下身去，抓住稗子的根，使劲晃了晃，稗子上的露珠率先滚落下来，接着是稗子周围的稻叶上的露珠，几乎听不到露珠跌落的声音。

稗子被抛到田埂上的时候，还是连根带叶立着的，分了许多蘖的稗子成了一大簇了。他吓了一跳，这稗子长得太高了，和他的个子差不多。

突然，一阵羞愧袭击了他，他想拎住那簇稗子甩出去。可那簇稗子连着根系带出来的泥太重了。他的身体被稗子扯住，晃了晃，差点失去了平衡，如果不是用脚趾紧紧咬住田埂，那就跌倒在稻田里了。

尴尬不已的他回头看了看父亲，正在全力剿灭稗子的父亲在稻行间越走越远了。父亲的旧草帽上那颗红五星褪了点色，红五星的周围是毛体的四个字：劳动光荣。

劳动光荣，应该是在他的平原上最适合出现的四个字。这褪了些色的四个红字，被露珠完全打湿之后，会焕发出最初的艳红色，仿佛最初的书写。

适合在他的平原上出现的还有一句诗：喜看稻菽千重浪，遍地英雄下夕烟。这一句诗他不知道书写过多少次。稻菽，千重浪，英雄，夕烟。这一组意象中，“菽”字最陌生。他决定探究个明白。在一本叫作《毛泽东诗词》的书中，他找到了“菽”字的解释。还了解了常常所见的“五谷丰登”中的“五谷”是怎么回事。“菽”就在“五谷”之中：稻、黍、稷、麦、菽。

“菽”是第五名。“菽”即大豆。大豆是黄豆。大豆并不是比黄豆大得多的蚕豆，它就是黄豆。这样的发现实在太令他惊奇了。他开始了对从不入他法眼的黄豆田的巡逻。

“菽”根本没有“千重浪”，风再大，“菽”的叶片相互传递着风能，“菽”们也仅仅是细浪。唯一能激起“菽”浪花的是来偷黄豆的野兔。这些野兔等待得太久了，它们比他更熟悉“菽”成熟的时间。“菽”比“稻”成熟得早。每当偷黄豆的野兔慌慌张张地蹿过“菽”田的时候，“菽”浪就出现了，不过仅仅一道，那一道“菽”浪完全出卖了野兔逃跑的途径。他不想告诉父亲野兔光临“菽”田的消息。这消息告诉了父亲等于是告诉了父亲手中的鱼叉。他曾使用过父亲的鱼叉，从来都是徒劳而归。父亲说他的手没力气。其实他是怕鱼叉叉到鱼的身上，叉到野兔的身上。父亲说，你要饿死的。这世上，总是大鱼吃小鱼，小鱼吃小虾，小虾吃泥巴。

他知道父亲是在批评他身上的多愁善感。但他摆脱不掉这样的多愁善感。他曾和一只小野兔目光相对，野兔眼神中的胆怯，他很熟悉，非常熟悉。

他不去想野兔了。他已讶异于“菽”田中满目的黄。黄豆成熟时的叶子也黄了，在早晨八九点钟的太阳下，那“黄”被露珠浸润了，是最标准最周正的“黄”。比稻田的灰黄，向日葵的焰黄，银杏叶的金黄，更接近秋天的黄，是黄颜色中的最高值，是百分之百的黄。

过了好多年，他为黄豆田的“黄”想到了一种表达：那是诚实的黄，也是丝毫不说谎的黄。世界上没有哪个画家能再现土地上长出来的“黄豆黄”。

父亲不识字，但他肚子里有许多农谚。比如“大瓦风小瓦雨”，是说如果天上的云像大瓦一样排列的话，表示要刮风了，如果天上的云像小瓦一样排列的话，表示要下雨了。再比如，“早上烧霞，等水烧茶；晚上烧霞，晒死蛤蟆”，这是说，如果早上霞光万丈，表示马上就下雨；晚上霞光万丈，那就等着高温暴晒吧。对于即将到来的白露节气，父亲每年都会念叨：白露白迷迷，秋分稻秀齐。

这几天晴着，头伏的棉花很快就晒干收袋了。黄豆们也被晒干了，一半存到了豆腐店里，一半被装到了大肚子的陶瓮中。而天气预报中，南海上的台风已快到十号了。总有一个台风会刮到平原上来，刮到已准备了三个月的稻田中来。但父亲从不向他说出对于天气对于收获的担忧，这是父亲的领地，是父亲的王国。

他估计父亲还是担心白露的天气，因为父亲加快了台风到来前的准备工作。父亲找到磨刀石，伏在院子里霍霍磨亮了割芦苇的大镰刀。

正在伏案写诗的他听到了磨刀的声音，在磨刀的声音中写诗，他想到了卡夫卡。

为什么是卡夫卡?

他也不明白，在那样的日子里，在蝉声依旧，蛙声遍地的平原上，“卡夫卡”这三个字，为什么在他的日记上出现过那么多次？其实他当时根本不懂卡夫卡，但他就是喜欢这三个字。他根本不能和父亲说起卡夫卡。如果说到这个名字，他估计父亲的喉咙会被“卡夫卡”这三个字如鱼刺般卡住。父子大战就会不可避免地发生。这些年，父亲和他的战争几乎每年都发生，但发生的次数越来越少。原来的战争次数为两位数，现在已下降到个位数。他不想让这个位数再上升到两位数。

芦苇们已“秀”出了紫褐色的芦穗。刚刚“秀”出来的芦穗湿漉漉的，蓄满了露水，仿佛有一层湿漉漉的胎衣裹在了上面。湿漉漉的芦穗要晒三天左右才能变成“白头翁”。父亲低下头收割，这样的收割可能是割稻子的演习。他负责在后面捆。捆芦苇的“腰”是芦苇荡中的杂草。每捆成一捆，他都会仰头看天。天上有快速游走的云。台风不远了。

突然，一道绿色的光蹿过他的眼前。那是一条被父亲和他惊动的青草蛇。有胳膊粗，有扁担长。他呆住了，看着那绿光又如闪电般消失。

蛇！他叫了一声。

父亲像是没听见似的，继续割芦苇，一排又一排的芦苇在他的前面矮了下去。芦苇汁液的清香一阵阵洗涤着他。

除了父亲割芦苇的声音，几乎没有其他声音。声嘶力竭的蝉鸣消失了。

台风到来之前，父亲和他一起用新割的芦苇给猪圈加了顶，还修补了灶房的屋顶。余下的芦苇继续放在太阳下晒。

此时的阳光和半个月前的阳光已完全不一样了。走到树荫下，清凉之风一阵阵拂来。他再次去收割了的"菽"田巡逻，父亲已用大铁锹将它深翻了一次，整个"菽"田里几乎没有黄豆的"黄"，变成了满眼的黑土。

也许是父亲的收割行为刺激了依旧在平原上生长的植物，它们憋了一口气，拼命地生长。山芋地里的缝隙越来越大，稻子们已在秘密地灌浆，玉米们已结到了高处，还有随便到哪个草丛中都会摸出一只大南瓜或者大冬瓜，它们几乎每天都会给父亲一个奇迹。

他从书本上抬起头来，看着磨盘样的南瓜和胖娃娃大的冬瓜发呆，它们的肚子里究竟藏了什么秘密?

有几只蜜蜂还撞到了他的脸上，这是去山芋地里冒出来的青葙花（野鸡冠花）上采蜜的蜜蜂。他认识这开着桃红色花的青葙，前年是一株，去年是三株，今年是八株。

父亲决定在"菽"田里种一季紫萝卜。与"黄豆黄"一样，紫萝卜的叶茎会呈现出纯正的紫，也是百分之百的紫。

汪曾祺在《萝卜》中写道："紫萝卜不大，大的如一个大衣口子，扁圆形，皮色乌紫。据说这是五倍子染的。看来不是本色，因为它掉色，吃了，嘴唇、牙肉也是乌紫乌紫的。里面的肉却是嫩白的。这种萝卜非本地所产，产在泰州。每年秋末，就有泰州人来卖紫萝卜，都是女的，挎一个柳条篮子，沿街吆喝：‘紫萝——卜！’”

他读过这段文字，但这可能是汪曾祺唯一的错误。

他们家的紫萝卜的确是紫色的，紫萝卜的皮也不是“五倍子”染的。紫萝卜天生是紫的，就像桑葚，吃了，就是满嘴唇的紫色。

他想跟父亲说汪曾祺，但他还是忍住了。万一父亲生气了，命令他说出汪曾祺的地址，和汪曾祺先生计较紫萝卜的真假怎么办？

他很感谢父亲，先是“黄豆黄”，后是“紫萝卜紫”。这样的土地美学，这样的植物美学，他没问父亲是什么意思，但他在他的文字中记下来了，是平原上的彩虹，更是他生命中的彩虹。在彩虹下，父亲和他，一人扛着铁锹，一人握着镰刀，肩并肩地向平原深处走过去。

现在，露珠在他的叙述中出现了。

他已意识到了自己的紧张和可笑，正在训练自己要控制住语速。从夏天到秋天，他原来的语速像准备顶橡树的小牛犊，现在他已慢慢驾驭了这只小牛犊。当他需要表达，需要叙述，他会准确地抓住那刚刚冒出来的牛角。

那稚嫩的牛角是刚刚学会的修辞。

他的叙述中有了逗号。

在许多失败的逗号之后，他渐渐学会了使用逗号。

再后来，他学会了使用句号。

那句号，就是露珠。这是白露节气的露珠。每一滴露珠都藏着颗隐忍之心。这颗隐忍之心，目光一样透明，孩童一样无邪。

他不再是小伙子了，成了这个平原上沉稳的叔叔。他看见了草叶上的露珠。稻叶上的露珠。山芋地里青萡上的露珠。摘光了玉米棒的空玉米地上的露珠。被野兔惊落的露珠。刚刚吐絮的新棉上的露珠。蜘蛛网上的露珠。青石磙上的露珠。已长出四叶的紫萝卜地里的露珠。他看到了他的平原上全是露珠。离他最近的一穗狗尾巴草最为贪心呢，它拥有不止一百颗露珠，正肆无忌惮地吮吸着，仿佛饥渴的孩子。最为饥渴的，是他内心的蝉。被无数颗露珠拥抱的蝉，重新找到了属于它的嗓门。

月亮从不放弃

宰年猪

腊月里年猪的嚎叫声高昂，打破了雪后村庄的安静。看热闹的我们在扁脸屠夫的面前窜来窜去，要是换在平时，他的臭脾气早就发作了，不是骂我们这些小孩子，就是用手中的杀猪刀威胁我们。而宰年猪的时节，他不会发作。他的生意实在太好了，宰了东家的年猪，接着就要去宰西家的年猪。每个宰年猪的人家都得把家里所有的锅烧满沸水，等待烫猪褪猪毛。扁脸屠夫宰年猪的样子实在不好看，但有一样程序是好玩的：每当把年猪宰完之后，扁脸屠夫都得在年猪的某个脚上剥下一个口子，然后用嘴凑在上面吹。扁脸屠夫往猪皮里吹气的时候，他会要求主人同时用铁钎捶打猪身。那猪会慢慢鼓起来，越来越胖，直到符合褪猪毛的要求。我们看热闹，是因为扁脸屠夫肺活量太惊人了，他竟然能把年猪吹成“猪气球”，要是真去吹气球的话，肯定每只气球都会被他吹炸！

父亲

过了腊月廿四送完灶，父亲就要掸尘。掸尘这件事不是很滑稽，滑稽的是掸尘的父亲会向母亲索要她扎在头上的红方巾。“扎方巾”是女子的风景。父亲把母亲的红方巾扎在头上，用绑着竹竿的新扫帚仰头“掸尘”。谁能想到从来不苟言笑的父亲会扎着红方巾呢？！我暗暗想笑，可又不敢笑。后来我从母亲的眼中看到了她的偷笑，同谋似的笑了。正在堂屋里掸尘的父亲不知道我们在笑什么，训斥道：“吃了笑笑果了？”我赶紧止住了笑，把那些搬出堂屋的板凳拎起来，拎到河码头上，给板凳“洗澡”。腊月的水很冷，可我不怕冷，一边洗，一边笑。看到生人，赶紧收住笑，坚决不能让别人知道父亲正扎着红方巾，更不能让别人看见父亲此刻的滑稽相。

大年初一

我们家的家务都是母亲做的，父亲从来不做家务。但大年初一的家务必须是父亲做。其实在除夕夜，母亲把年夜饭忙完之后，给我们换完浆洗一新的衣服，换好新鞋，她就开始休息了。父亲接灶神，敬菩萨，点炮仗，给我们每人一份压岁钱，并嘱咐我们记得把新鞋子翻盖在地板上。大年初一早晨，必须要等他敬完菩萨，烧好早饭，并且给睡在床上的我们一块云片糕“甜嘴”之后才能起床。而起床不能叫起床，得叫“升帐”。大年初一的凌晨，盼着过年的我们早就被别人家的炮仗声惊醒了，但父亲没有给我们云片糕“甜嘴”之前，我们不能说话。我们把耳朵竖得尖尖的，听着父亲“升帐”，洗漱，烧早饭，敬菩萨，放“天地炮”。父亲做家务实在是太笨拙了，那么慢，慢得我们都替他一阵着急。到了放“天地炮”的时候，我们那颗欢乐的心才会如炮仗声松弛开来。

小鞭炮

正月里的年往往过得很快。正月初一到初五这“五天年”过去后，走亲戚就多了。看人家嫁女儿，看人家娶新娘。炮仗声在哪里响起，我就会在哪里出现。我是来寻找那些没有爆炸的小炮仗。为了抢鞭炮，我的手掌心曾被延迟爆炸的小鞭炮炸得生疼。这样的生疼很快就被玩耍的兴奋所替代了。

十六夜的火堆

“十六夜，炸麻花，偷糍粑，撩人骂。”“十六夜”是指正月十六的晚上。这天晚上是一场规模不小的喜剧。喜剧的主角不是抱怨我把干净衣服弄脏的母亲，也不是恢复了严肃表情修理农具的父亲，而是我们这些半大的孩子。“炸麻花”是把玉米粒放在铜火炉里面炸成麻花。正月十六的晚上，炸麻花能炸瞎老鼠的眼睛，麻花炸得越多，老鼠死得越多。“偷糍粑”是指我们必须到别人家偷“团”。“团”是我们这儿腊月里做的糯米团，蒸好了放在水缸里可以一直吃到端午。平时不允许“偷”，可正月十六可以“偷”。“偷”其实是一种仪式，彼此心知肚明，但被偷的人家必须要骂“小偷”，而做“小偷”的我们最喜欢听人骂，因为在正月十六夜被人家骂了是最吉利的，能去晦气。“偷”来的“团”必须当天晚上切下来，炒成糍粑吃掉。吃完糍粑的我还要赶赴喜剧的高潮部分，那就是到打谷场上跳火堆（又叫“跨屯事”，“屯”是易经里所说的困难之事，“跨屯事”是指把一年最倒霉的事全部抛弃掉）。火堆是用稻草点燃的。跳火堆时，总是父亲先跳，接着是母亲，再后来是哥哥，接着是我。我在我的长篇小说《丑孩》的结尾处，就用了跳火堆这个情节。每一次越过火堆，我都觉得自己长大了。

新月

正月十六，新月亮很圆。腊月的黏土早变成了酥土，打谷场上的土踩上去软绵绵的。跳完火堆，我看着长了几码的新脚印，新布鞋鞋底密密的针脚窝烙在酥土上，每一个针脚里都盛满了新的火光新的月光。

喜剧之后，就是长长长长的苦日子。父亲的苦日子，母亲的苦日子，我们的苦日子。每一个农历腊月和正月的喜剧都显得特别短暂，但月亮还在，她从来就没有放弃过我们的村庄、我们家的院落。

柴草与腌菜

大雪之前，一盏小桅灯
就能照见堆柴草的人家

这是刚刚割下的柴草
已经捆好了，像捆好的日子
父亲在下面，我在上面
一排一排地往上堆

开始父亲用手接，后来扔
再后来就用上木杈了
一捆一捆地往上堆

我渐渐地升到了天空中
高过了屋顶，父亲在灯下的影子

越来越小

堆柴草的人家
小心火烛

最后我像一捆草一样
滑
下
来
父亲用大手接住了我

我和父亲都靠着柴草堆
默默无言
不用到明年
这场大雪之后
这堆柴草就会矮下去的

因此在每场大雪之前
我都想带一盏小桅灯回家
回到屋前的油灯下

掸去满身的芦絮

堆柴草的人家

小心火烛

这首诗叫作《堆柴草的人家》。我曾尝试把这首诗改成一篇文章。改到一半，我还是放弃了。

与这个画面相似的，是我光着脚丫在粗瓷大缸里腌大菜。大棵子菜必须洗干净，然后再晾干。外面刮着北风，大棵子菜在粗瓷大缸里一层层排队。我的脚力明显比不上父亲的脚力。但母亲说，大人的脚踩的腌菜会特别地酸臭。

这是我和母亲相处的一个画面。堆柴草是往上堆，而腌大菜则需要使劲踩，每当踩到粗盐疙瘩时，母亲会从我的眉毛上得到信息，问我硌疼了没有。我当然说没有。这点疼算什么。到了寒冬，由我踩出的腌大菜又脆又香，最好的一道菜，便是汪曾祺先生经常提起的咸菜烧慈姑。

冬天到来前，做完了堆柴草和腌大菜这两个功课，就等着迎接那来自西伯利亚的滚滚寒流了。

如此肥胖又如此漫长

每天都有一个父亲在死去
每天的哀痛在我的内心像积雪
不要过分相信我的话
否则积雪就会融化，道路就会泥泞
我们说的话就全是诬蔑

1

我记得开始的夏天还没有那么漫长，父亲也还没那么肥胖，他更没有那么粗暴，他还是个壮年的父亲。

我记得我的老鹅还没被父亲宰杀。我的老鹅还带着小鹅在外面觅食。小鹅还小，但它们成为我们家宝贝的时间仅仅半个月。半个月后，它们就被赶到“广阔天地”里独立觅食去了。

它们身上那动人的鹅黄慢慢被白羽毛所替代了。至于这样的替代是在哪一天、哪个时刻完成的，谁也说不清。就像我，实在回忆不出是在什么时候父亲打我我决定不求饶的。

我在那座四面环水的村庄生活到十三岁，然后出门求学。此时我已读完了小学五年级和初一初二。也就是一个标准的初中毕业生。偏偏那年有了初三，我必须离开这个村庄去乡政府所在地上学。父亲半是高兴，半是担忧。他害怕我成为一个文也不能武也不能的半吊子。

我离开村庄的那天，村庄安安静静的，根本没有人起来送送我，除了河里的那群白花花的呆头鹅。我捡起一块土坷垃扔过去，没扔中——它们伸长了脖子嘎嘎地叫了几声，表达了它们一以贯之的骄傲。

这是一群新鹅。是一群劫后余生的鹅。从去年夏日长到今年夏日和我如朋友般的那只老鹅，被父亲宰杀掉了。宰杀老鹅的时候，我目睹着这群劫后余生的鹅开始逃跑，它们张开白翅膀，一只跟着一只，飞快地掠过那清凉的水面。在那天，我没有听到它们骄傲的歌声。

但到了晚上，它们又在我的呼唤下回到了鹅栏。

我觉得无比耻辱，又对父亲的命令无比服从，我甚至还去向父亲表功。

我是鹅的什么？它们知道我扮演了什么角色吗？甚至在杀老鹅的时候，我还悄悄藏起了老鹅最长的一根鹅毛。因为我看到过伟人的手里总是拿着一支鹅毛笔。后来那鹅毛根部的油脂太多，字根本就写不出来。

我出卖过多次我的鹅。

后来鹅没有了。夏日就变得无比漫长起来。

再过了很多年后的夏日，我的桌上多了两盆火鹤花。一个叫红掌，一个叫白掌。突然想到，那天杀我的老鹅时，父亲将老鹅的那对“红掌”用沸水浇过之后，哗啦一下撕去老鹅脚掌上外面的红皮。那“红掌”就这样变成了“白掌”。如我面前的这两盆悲伤的火鹤花。

2

大学里写过麦地的诗，那全是海子写过的麦芒。父亲曾问过我，你整天写的是什么东西？你可不要闯祸啊！我没有回答他。他搞不懂什么是诗歌，就像我也搞不懂麦地里的麦子为什么那样戳我的手指。

> 诗人，你无力偿还/麦地和光芒的情义//一种愿望/一种善良/你无力偿还。

手指的疼痛无法休止，我的诗歌也不能结束。

记得那个初夏，我抱了本诗集回到家里。我一回来母亲就表达了足够的热情，你父亲不在家，他在乡粮站看大门呢。我心里长舒了一口气，这个星期天正好睡懒觉。

我从下午三点上床，一直睡到晚上七点多钟，是父亲的声音把我惊醒的，当时我心里就咯噔一声，他怎么也放假了？我和父亲的关系一直不好，主要是我不听话。我家平时要做一些打草帘做芦箔的副业，上了初中，我就不肯做了，还捧着一本书装模作样，既偷了懒，又耗了“上计划的洋油”，父亲很不满，我拍着书理直气壮地说，这可是先生叫看的。这很有效，不识字的父亲有两怕：怕干部，怕先生。

第二天凌晨，父亲在堂屋里对母亲说话，没过多久，父亲就和母亲吵了起来。父亲让母亲来叫醒我，母亲不同意，说我昨天晚上看书睡得很晚。父亲说，年轻人要睡多少觉？睡得多只会变成懒虫。母亲说，他已经做先生了，还要出猪灰，让人家笑话。父亲听了这话，竟然吼了起来，笑什么话，将来文能武不能，更让人家笑话。父亲的哲学是，一个人要文能武也能，而我这样，只能文不能武的人，将来吃饭都成问题。出于赌气，我迅速起了床，只吃了一小碗米疙瘩，母亲叫我再吃一碗，我赌气不吃了。父亲把一根扁担递给我，说，饿不死的。

清晨的村庄还是很安静的，我晃荡着粪桶就直奔我家的猪圈。我是很熟悉猪圈的，小时候要把捡来的猪屎往猪圈里倒，还要把拾来的猪草往猪圈里倒。上了高中，我就不怎么到猪圈去了，一是我寄宿，二是我要考大学。足够的理由使得我远离了猪圈，没有想到的是，父亲还是把我逼到臭气冲天的猪圈来了。

父亲打开了猪圈的后门，我在他的指挥下动了两灰叉，刚才还浓缩在一起的臭气就涌到我的鼻孔里、头发里、身体中，早晨那一碗米疙瘩差一点吐出来。父亲见我这样，呵斥道，你可真的变“修”了，人家公社里的大干部也能做的，你怎么就不能做了？

我家的猪圈是在小河的一边，猪灰可以直接上船。也许是我和父亲有了比赛的意味，也许是我怕乡亲们看到我劳动，反正我挖得比父亲快，也比父亲多，太阳有一竹篙的时候，我们已经把一猪圈的灰出完了。拔船桩的时候，父亲问我，怎么样？我没有回答他，看着河水，我熟悉的河水虚幻，我熟悉的手掌火辣辣地疼。

父亲还是照顾我的面子的，离了村庄之后他才把手中的竹篙递给我。我接过竹篙，用力向下按，没有想到的是，起篙的时候，我竟然没有力气把竹篙拔起来，如果不是父亲一把扶住我，我肯定要掉河里去了。父亲把竹篙拔出来之后，不想叫我撑了，我坚决没有让，父亲也就没有坚持，把竹篙让给了我。可我再次出了洋相。过去我学的是撑空船，现在是重载船，重载船吃水深，下篙、起篙都是要有技巧的，我用尽了力，船却前行得很慢。父亲像是没有看见我的窘迫，索性用草帽遮在头上睡觉了。

船是靠稳了，就剩下两项农活：挖灰和挑灰。我都不愿意做。父亲根本就不和我商量，把扁担给了我，意思是我挑。粪桶的重倒是其次，更让我为难的是，田埂上全是肆意疯长的油菜，它们拼命地阻止我前进，头一桶猪灰挑过去，我简直就要瘫了。回到小河边，父亲说，怎么这么久？我撒了一个谎，说肚子疼了。第二桶过去，我还是回来得这么久。父亲又问了一句。我还是说肚子疼。父亲的脸色顿时就变了，说，懒牛上场，尿屎直淌，我看你啊，真是懒到底了，这样吧，我来挑，你来挖。

我就是被父亲的这句话激怒的，坚决不同意把粪桶给父亲。最后一粪桶的猪灰挑上去之后，父亲把手中的灰叉递过来，叫我平一平。我平完了，把灰叉扔到了麦田深处，麦子长得太高了，一口就把灰叉吞没了。

回去是父亲撑的船，到了家，父亲叫我回家，自己还在河边洗了船，洗了粪桶。他没有问那把灰叉的下落。当天晚上，劳动了一天的父亲连夜回了粮站，而我则是没有洗脚没有吃饭就爬上了床。明明是累，可怎么也睡不着觉，手疼，肩疼，腰疼，腿疼，酸痛令我连翻身都很困难。半夜里刚睡着了，我就听见站在我家麦地中的那把灰叉对着我喊，疼！我的眼泪禁不住下来了。这一年，我十九，父亲六十六。父亲有意这样做的，本来运猪灰要在6月底，麦子割了，平田栽秧的时候才用得着猪灰。可6月底我还在学校教书。父亲肯定是怕逮不着我，就决定请假，利用星期天“修理”我一番。

今年我回家扫墓，父母的墓后不到两百米，就是我和父亲当年出猪灰的地方。现在已是别人家的责任田了，那把扔在麦田深处的灰叉，现在在什么地方呢？

3

在如此肥胖也如此漫长的夏日里，不能不提我的南瓜地，我的南瓜。其实在我上了大学后，我再也不愿意提到“南瓜”这个词。我的理由很充分：一辈子吃南瓜的重量是固定的，童年少年时代，几乎是南瓜当饭，揭开锅盖，全是金灿灿的南瓜粥南瓜饭，嘴巴里全是南瓜的生涩味，吃够了。

但不挑食，不抱怨，才是贫穷人家的生存哲学，就连我们家饲养的猪也一样，如果它对母亲送过去的猪食挑嘴的话，那它就必须承受母亲手中铁质猪食勺的猛揍。投胎于此，挑食不可能，抱怨无效，我将生涩的南瓜汁液狠狠地咽了下去。贫穷之胃会永远铭记这样的迫害。但迫害的疼痛，随着时间的推移会被逐渐遗忘。从这个意义上说，此类遗忘和对于南瓜恩情的遗忘本质上没任何区别。

但追究到底，这不是我应该遗忘南瓜的理由。

我把我和南瓜的缘分统统梳理了一遍，反复出现的是在那个曙光初现露水满地的清晨，风流一辈子的父亲要教我给南瓜“套花”——将雄花外面的花瓣撕掉，把仅留下的花蕊，带着花蒂套进雌花中。当时我刚十二岁，父亲没有讲套花的道理，但我突然就明白了其中性教育的意思。父亲似乎没看到我的脸红，继续让我跟着他学套花，但我的脸在发烫，身体在悸动。

——“发烫”和“悸动”，是属于少年的隐秘之事。

我决定把这隐秘的南瓜留在这漫长的夏日里，如果它能顺利地胖起来，就让它无休无止地肥胖下去吧。

4

肥胖的夏日是不爱运动的，就像肥胖的父亲，他一运动就气喘吁吁。后来雨季就来了。

雨是父亲爱出的虚汗吗？

那么大的汗珠，不，那么大的雨点。

都是比蚕豆还大的雨点。

对，是蚕豆，而不是黄豆。不是比黄豆大的雨点，而是比蚕豆还大的雨点。啪嗒啪嗒，冷不丁地，就往下落，从来不跟你商量，即使县广播站里的那个女播音员说了多少次“三千米上空”也没用。想想也够了不起，如果那比蚕豆大的雨点是从“三千米上空”落下来的，那当初在天上的时候该有多大？比碗大，比洗脸盆大，还是比我们的圆澡桶还要大？

“百帕”实在太神秘了，几乎是深不可测，究竟是什么意思？去问刚刚毕业回村的高中毕业生，这些穿白的确良衬衫的秀才支支吾吾的，也说不清楚。但那神秘的“百帕”肯定与天空有关。而能把“百帕”的消息带回到我们身边的，只有那比蚕豆大的雨点。

啪嗒啪嗒。啪嗒啪嗒。雨下得急，正在“发棵”的水稻们长得也急，还有那些树，大叶子的树，小叶子的树。比蚕豆还大的雨点砸在它们的头上。它们一点也不慌张，身子一晃，比蚕豆大的雨点就弹到地上去了。地上的水，流成了小沟；而原来的小沟，变成了小运河；原来的小河成了湖——它把原来的可以淘米可以杵衣的木码头吃下去了。

比蚕豆大的雨点就这样，落在水面上，砸出了一个个比雨点还大的水泡。那水泡还会游走，像充了气的玻璃船，跟着流水的方向向前走，有的水泡会走得很远，如果它碰不到浮在水面上的几根麦秸秆的话。

母亲很生气：天漏了，一定是天漏了。

那些无法干的衣服，那些潮湿的烧草，那些无法割来的蔬菜，都令母亲心烦意乱。

我们估计是谁与那个“百帕”生气了，但我们不敢说。直到我去县城上高中，问起了物理老师，这才明白什么是“百帕”，“帕”是大气压强单位。播音员说的是低空气压和高空气压。

但母亲生气的时间常常不会太长，她为了这个小暑的“雨季”早储备了足够的腌制雨菜。所谓雨菜，是指菜籽收获后，掉在地上的菜籽萌发的嫩油菜。母亲把落在田埂上和打谷场上的它们连根拔起，然后洗净腌好贮藏起来。

有雨菜还不够，母亲抓起一把今年刚晒干的蚕豆，蚕豆还青着，但很坚硬。母亲把菜刀反过来，刀刃朝上，夹在两只脚之间。将干蚕豆放在刀刃上，然后举起桑木做的杵衣棒，狠狠砸下——蚕豆来不及躲闪，已被母亲劈成了两瓣。随后，母亲再剥去蚕豆衣。竹箩里的蚕豆瓣如黄玉，光滑，温润。

外面，那比蚕豆大的雨点还在下，比雨点还大的水泡瞬间产生瞬间破灭。但已和我们无关了。母亲做的腌雨菜蚕豆瓣汤已盛上了桌。那些黄玉般的蚕豆瓣在雨菜的包围中碎裂开来，像荡漾在碗中的一朵朵奇迹之花。这雨菜蚕豆瓣汤，极咸鲜，极糯，极下饭。

夏日年年会来，雨季也年年会来，比蚕豆大的雨点也会落到我的头上，但亲爱的母亲，已离开。我的母亲啊，我不吃这雨菜蚕豆瓣汤已有十三年啦！

5

当昼暑气盛，鸟雀静不飞。

最肥胖的夏日里，鸟雀都不飞，胖子怎么可能再运动，就像我同样肥胖的父亲。他要静养，我要反对，我反对如此肥胖又如此漫长的夏日！

没有一丝风。下午有几丝西南风，还没到晚上，停了。

粗暴的大暑天，连凉席都是滚烫滚烫的。但父亲不准我去下河，实在热的话，团到澡桶里，用水泡泡，也一样。

父亲是我们家的独裁者。他只说一句话，就是命令，就是指示，就是真理。但我的内心如蝉一般鸣叫。你说一样？！怎么可能一样？！

我的犟脾气上来了：绝食。

父亲开出了条件：如果每天打好两条芦箔，就下河去，但不准摘人家的瓜，也不准掏螃蟹，摸点河蚌就好了。

两条芦箔！每条芦箔得用芦柴一根一根地编起来，编至十市尺长。每条芦箔可去砖窑上换砖头，也可卖上七毛钱。而十市尺长的芦箔要编多少根芦柴？我没计算过。我计算的是编芦箔的草绳。每条芦箔需要的草绳是十庹长。当时我还不认识这个"庹"字，只知道"tuǒ"这个音。母亲比画过，"一tuǒ长"就是大人手臂完全张开，从左手指尖到右手指尖的距离。父亲下达的任务，就是让我每天晚上搓上二十庹长的草绳，然后在木坠上绕好，将数不清的芦柴编至十市尺长。接着，再重复一次。

为了把每天下午空出来，我将晚上的时间定为搓绳的时间。为了防蚊，母亲燃起收割下来的苦艾。稻草在我的手心飞快地变成了草绳，又在我的屁股后面团成了蛇环的圈。手心滚烫，放在水盆里浸润一下，再搓。夜晚的知了依旧不知疲倦地喊叫，但我听不见了。如果明天下午，我跳进清凉的河水里，那荡漾出来的涟漪，会比地球还大吗？

那是我一生中最为漫长的夏日，也是我咬牙坚持的夏日。一个人独立完成两条芦箔，太难了！但我还是完成了。那个如此肥胖又如此漫长的夏日里，我每天睡五个小时左右，搓绳至深夜，我的屁股后才有二十庹长的草绳。天刚蒙蒙亮，我得去绕绳，再编芦箔。我的手飞快地翻着木坠子，像无比熟练的纺织工人。纺织这十庹长的绝望夏日。纺织这二十庹长的绝望夏日。纺织这无尽头的绝望夏日。纺织完毕，我会扑通一声跳到水中，狗扒式般的自由泳、仰泳，直至泡到黄昏。我带着堆满河蚌的澡桶回家。

从那以后，我家每天午饭的菜，不是咸鱼河蚌，就是韭菜河蚌汤。前者下饭，后者更是能饱肚。看着父亲满意的表情，看着全家人的筷子伸向那盛满了河蚌的碗，我自豪无比。

有一天中午，父亲忽然停止了咀嚼，从嘴里慢慢吐出了两颗“鱼眼睛”。父亲看了又看，说：“哎，珍珠！”

“煮熟了，可惜了。”父亲又说。

正准备庆功的我呆住了。那年月，人工养殖珍珠还没开始。传说慈禧太后每天都服用珍珠粉。还有，珍珠都是河蚌吃到树枝上的露水而形成的。难得一见，非常宝贵。而我还没有见到那银光闪闪的它，它就成了被父亲的肥硕舌头和浑浊口水搅拌过的“鱼眼睛”了。再之前，它肯定在铁锅中哀求过，哭泣过，但我为什么没听见呢？为什么在剖河蚌的时候没有发现？为什么？

那天中午，我捏着那两只煮熟了已成了“鱼眼睛”样的珍珠哭泣，妄图在我的眼睛里哭出两颗珍珠。知了依旧在拼命地喊叫，听不出它们是没心没肺，还是幸灾乐祸。我手中煮熟了的珍珠，已是两个伤心的句号。这是比二十庹长还要漫长的绝望夏天的两个伤心句号啊。

6

肥胖的夏日还在继续。

我已离开河水多年。但到了深夜，我总是听见水在自来水管中低沉地呜咽。它肯定在怀念童年的四季，城市之外的万物，还有我的破碎的夏日时光。被加工过的水在自来水管中奔突着，仿佛一颗隐忍的心——谁能够偿还我？偿还那个在河面上拼命叫喊的少年？

我和父亲说的话不是太多。他总是跟我说起民国二十年（1931年）的大水，从天而降的大水淹没了我们的村子，父亲用一只小木桶把我的爷爷救起。

1991年，我决定离开我的学校去新疆石河子市（到现在我也没去过石河子市。当时因为我的诗歌常常发表在那个城市的一个刊物《绿风》上，我几乎固执地要远离家乡去石河子)。我讨厌身边熟悉的生活。可肥胖的父亲却中风在床。夏日的雨无穷无尽。洪水从四面八方涌过来，围困住我的村庄。乡亲们夜以继日地筑堤抗洪，我什么也不会，如一只困兽般坐在父亲的身边读汤姆斯·伍尔夫的《天使，望故乡》。这本书是我第一次去北京时买的。我记得那个书店在天安门前西长安街上，叫三味书屋。而这本书的翻译者叫乔志高。

> 毁灭人类的种子将在沙漠里开花，救药人类的仙草长在山野的岩石边；佐治亚州一个邋遢女人纠缠了我们一生，只是因为当初伦敦一名小偷没有被处死。我们的每一时刻皆是四万年的结晶。日日夜夜、分秒必计，就像嗡嗡的苍蝇自生自灭。每个时刻是整个历史上的一扇窗户。

《天使，望故乡》是汤姆斯·伍尔夫的自传体小说。他是他父亲最小的儿子。我也是父亲最小的儿子。我从未有过读一本书时全身战栗的情景，但读这本书的时候我全身战栗。言语不清的父亲以为我在打摆子。我不理睬他的关心，继续在昏暗的灯下读。

> 生命蜕去了重重雨雪的覆盖，大地涌出它从不枯竭的那股活力。人们的心头流淌过无尽的渴望、无声的允诺、

说不清的欲望。嗓子有些哽咽，眼睛也被什么迷住了，大地上隐隐传来雄壮的号角声。

尤金。我就是《天使，望故乡》的尤金。那年我二十四岁，这本书彻底地改变了我。洪水漫过了河堤。抗洪物资按照人口均匀分配到每一家。就在那一年，父亲和我都是第一次吃到了火腿肠（泰国）、方便面（台湾）、冻鸡（印度尼西亚）。对于肉食，中风的父亲依旧吃得很欢。贫困中长大的父亲把肉食当成他的菩萨。

再后来的夏天就是第二年（1992年）的大旱，父亲从病危中再次挺过来。“他曾经失落，但是世间所有人生历程无不是失落，瞬间的依恋、片刻的分离、无数幽灵幻影的闪现、高天上激情饱满的群星的忧伤——这一切无不是失落。”

1994年的夏日无比酷热，肥胖的特征从父亲身上慢慢消失。我得一次一次为父亲洗澡。那一年为他洗澡的时候不再困难，他也习惯了我的用力方式，我也习惯了我所熟悉的生活。我以为漫长的夏日就这样每年如此冗长了，永远读不到最后一页。石匠甘德的小儿子，悄悄写诗的尤金。我拼命地抄写《天使，望故乡》中的句子。我为什么就不能写出这样的句子呢？令我战栗的，另一个我写成的文字。

我们之中有谁真正知道他的弟兄？有谁探索过他父

亲的内心？有谁不是一辈子被关闭在监狱里？有谁不永远是个异乡人，永远孤独？啊！失落的荒废，失落在闷热的迷宫里，失落在星星的光辉中，在这恼人的、灰暗的煤屑地上！哑口无言地记起来，我们去追求伟大的、忘掉的语言，一条不见了的通上天堂的巷尾——一块石头，一片树叶，一扇找不到的门。何处啊？何时？哎，失落的，被风凭吊的，魂兮归来！

7

魂兮已经失去，魂兮能否归来？熬过了1994年的酷热夏日，在9月的一天晚上父亲去世了。理发师给我剪孝发时，我泪如雨下。我在六年之后，开始写我的父亲。写完那篇《半个父亲在疼》的深夜，我捧着文稿，任由泪水滚过我已发胖的身躯。窗外的晚饭花已经结籽。夜风吹过，那些黑色的籽在我那狭小的庭院里，叮叮当当地滚动。

现在，我不和父亲一起度过肥胖夏日的年头有三十三年了，父亲离开我快二十四年了。而我也开始肥胖，必须独自度过这漫长的没有天使的夏日。

报母亲大人书

我记得那轮廓。

春天，草木葳蕤，什么也看不清晰。

秋天到了，那轮廓就会呈现在大地的中央。

在这轮廓的最深最深处，埋着我那苦命的母亲。

我长有一副酷似母亲的面孔。

是我带着我的母亲活在这个有轮廓的人间。

穰草扣

我的舌头是火苗，我的嘴唇是黑色的稻灰

我用力搓着众生的穰草堆

事实就是穰草绳捆住了穰草

我的出生是尴尬的，不仅是那年血色汹涌的春天，而是母亲的年龄已经四十四岁，我像一根穰草一样被堆进了穰草堆中。在以后我的歌唱中，我始终有一种卑微的姿态，像一根穰草一样必须柔软、碎裂，草屑的宿命遍布了我的一生，从我的发棵里，从我的语言中，我掸不干净也不可能掸干净的穰草堆的味道。

新草的芳香早已在冬天光脊梁地碾轧下发出了阵阵霉味，当然还有跳蚤，这穰草堆中的另一群居民，它们的牙齿比我们的黄板牙更加雪白。我在昏黄的油灯（破茶缸和玻璃药瓶做成的油灯）下用力搓着穰草绳，双手搓得通红，疼，往手心唾一口再搓。穰草绳越搓越长，像冬日的蛇一样在我的多补丁的裤子下面缓慢地盘起来——我似乎要用穰草绳丈量我的童年，不为众人注意、默默看着土坯墙上的螺蛳壳并一一抠下来的童年。

我从来没有见过母亲的少妇形象，从我小时候起，母亲就老了，并且不断地衰老下去。我努力地想着母亲少女时代、少妇时代的样子，但是徒劳的。母亲说她十五个月外公就死了，母亲说她先后生过十个孩子，母亲说得很自然，母亲咬着头上长长的发辫为自己接生……

我一颗敏感的心却一次次被一根穰草绳抽打，伤口上尽是穰草屑。母亲留用上好的穰草（那是早稻用手摔打脱粒后得来的）等待修补草屋顶。母亲用韧性很好的穰草绕成一圈圈，然后用黄泥糊起来，糊成一只又一只泥瓮子——泥瓮子的嘴似乎永远像我们的嘴张着，我从不喊饿，也不喊痛——父亲打我时我从不喊痛，就像被扭得满脸疼痛的穰草们；还有一些乱成一团的穰草，被母亲捆回家（用穰草自己捆扎自己）堆在灶后面，等待化为灰烬……这就是穰草们的命运！

我常坐在灶后将一团又一团穰草塞进黑乎乎的灶膛，火星阴郁着，久久不肯说话，烟却不怀好意地跑出来。我凑近炉膛使劲地吹，我似乎要把我肚子里的热气都吹尽了，火才冷不防地喊起来，把我的耳朵震得生疼，我可怜的头发只剩下了一层焦灰。

从十四岁起一直到现在，我一直在异乡，像一根飞在空中总不肯停下来的穰草。我仿佛一下记起穰草人似的空心岁月里的那些麻雀，像雨点一样的麻雀，记起我的老牛们，它们冬天的寒胃，它们一口又一口把穰草们反刍。穰草一样的疼痛反刍，我却记不起是什么滋味了。母亲把穰草碎成草糠，可猪不吃，母亲加了一勺盐，猪也不吃。母亲用坏了一角的铁猪勺狠狠地砸向猪的背脊。猪狠命地叫了一声，我不知道它在叫什么，它是不是怀念我用草网包一网一网从生产队田里偷拾来的猪草？

穷人家的苦楚，多子女的无奈，一辈对一辈的疑问，大家庭的龃龉……我在榆树枝搭成的床上躺着，收缩着肚皮，我居然把肚皮收缩到后背上，我是一根空心的穰草！

春节回家，母亲比我梦想中的更要苍老，她的心脏总是被无缘无故的信息所惊吓，然后就狂跳不止……我不知道她担心什么。我看到她的手指不停地颤抖，颤抖！那是一个下雨的下午，我打着伞，扶着母亲在砖巷上一步一步地走着，母亲在唠叨着，我一句也听不进去，我握伞的手也在颤抖，想控制也控制不了，记得母亲说过那时要有人要，也就把我送了……那么也有可能像一捆穰草一样，我在另一个陌生的人家搓着越来越长的穰草绳？

这说也说不清楚的穰草们不知去了何方……我带着洗不净的穰草味道写作。我上高中的时候，母亲总是把五张或六张卷了角近乎烂穰草的纸币（没有五角，全是灰色的一角或干枯绿色的两角，每次一元），从老家班船上捎给在县城北郊上高中的我。上面有一根穰草扣着。我总是想扭断这穰草扣把这一元钱取出来，可母亲选的那根穰草十分结实，有点像母亲的一根枯黄的长发。每天清晨，母亲总是打开那只锈迹斑斑的铁皮梳妆盒，用断了齿的木梳一遍又一遍梳着，枯黄的头发一根根落着，我看见母亲用力地（她为什么梳得这么吃力？）将越来越少的长发盘成了一个老年妇女的那种低鬏……

母亲绕鬏和系穰草扣的手法是一样的，我解不开，总是用力一拽，穰草扣就断了下来，露出了两片欲言又止的穰草的嘴唇。

母亲的香草

我想先说一说母亲的化妆品。从我记事时起，能幸运出现在母亲那只铁皮化妆盒里的，只有一样，叫蛤蜊油。蛤蜊油在老家人的口中又叫歪歪油。比蛤蜊油高级一点的是雪花膏，可以用瓶子去供销社代销点“戥”的雪花膏。比雪花膏更高级的是百雀羚。而雪花膏和百雀羚，与母亲没有关系。

蛤蜊油可是母亲冬天才用的化妆品。那是防止手脚皲裂的护肤品。在冬天之外，母亲最喜欢的就是栀子花和“穿英”了。栀子花开的时候，母亲的身上总洋溢着栀子花的芳香。开始我家没有栀子，栀子是母亲用换工的形式向人家讨来的，完全开花的不多，母亲就把花苞放在水碗里养着。真是奇怪，在清水里，仅仅一夜，栀子花苞就开放了。后来我家也有了栀子，是母亲跟人家讨来的一根枝条。

栀子的插栽成活率不高。母亲费了心思，先把栀子枝条插在秧田里养出根须，再移植到庭院里，一下就成活了。第二年就打苞开花了。母亲从来不允许姐姐们用手摘，而是小心地剪。她是怕栀子疼。

在栀子的花季之外呢，母亲最钟爱的就是“穿英”（老家人的叫法）了。几乎每家都有一盆这样的女人专用的植物。叶子有点像药芹，味道也有点像，但肯定不是药芹。长法也比药芹娇嫩，它的肥料必须是头发。有的人家刚刚移植的时候，没有更多的头发，就得去跟那个驼背的理发师要一些。而母亲不用要，她每天都梳头，她把长发盘起来，在脑后面窝出一个鬏来。那鬏再用网鬏网起来。母亲梳妆完成之后，她总是小心地把落发收集起来，然后再围在“穿英”的根部，仿佛是给奶孩子围围脖似的。给“穿英”“喂”好头发之后，母亲会在翠绿而蓬勃的“穿英”中选择一枝，然后掐下来，用手用力一拍，再插到鬏后面，“穿英”那奇特而清新的芳香就出来了。母亲很是享受这样的过程，每当完成了这些程序，母亲的表情很是幸福，仿佛有一缕祥云正萦绕在母亲的头上。

离开家乡三年后，母亲去世。那盆栽在破脸盆里的“穿英”也就萎掉了。那时的老家，很多人家已不养“穿英”了。我很想写写这个植物。写一写母亲在天井里拍“穿英”叶子的声音。可我不知道“穿英”的写法。又过了十年，我还是不知道“穿英”的写法，是什么样的植物。其间，我还问过许多老家的文友，有人直接说不知道，有人说从来不知道有这种植物。我开始不相信，为什么他们不知道这样常见的植物呢？要知道，大多数船民家的棚顶上的几盆植物中，除了万年青，除了女儿葱，一定有用头发养育的“穿英”。后来我想通了，我母亲的年龄比文友们的年龄大得多，母亲生我的时候已四十四岁了。“穿英”应该是属于一个化妆品无法也不能流行的时代。那是贫穷女儿所珍爱的“化妆品”。

母亲不识字，她总是希望我好好读书。而我很是惭愧，竟然不能说出“穿英”的名字。后来有一次，“蘼芜”在一个秋天和我迎头相撞。一次去植物园的机会，我竟然看到了母亲的香草——学名叫“蘼芜”。

“蘼芜”原来是一种自古代就有名的香草和中药。它是妇女专用的香囊的填充物，也是治女性偏头疼的中药。古乐府写过它。唐诗中写过它。宋词中写过它。《本草纲目》写过它。《红楼梦》的第十七回，“蘼芜”还出现在大观园中。可它，竟然是母亲的香草。它又叫“蕲茝”“江蓠”“川芎”。“穿英”，应该是“川芎”的串音。我还是喜欢把它叫作“穿英”。“穿英”，多么像一个穿着补丁衣服扎着一条粗辫子清清爽爽的穷人家的好女儿。

那天，从植物园回来，我在笔记本上抄写下了两句奇怪的诗：

蘼芜亦是王孙草……年深岁改人不识。

有关母亲的小事物

柳编线箩

那是跟随母亲出嫁的柳编线箩。一瞬间就是老线箩了。每年夏天，母亲会替它刷上一遍桐油。上面有歪斜的毛笔字——顾细银，母亲的名字。字迹也已渐渐地隐没，看不清楚。那还是我七岁时“号下”的，笔画粗鄙。记得那天我写完后，五十岁的母亲，看着自己的名字，眼睛发亮，陌生得仿佛我没见过的她少妇时的模样。柳编线箩里的碎布褪色的褪色，回忆的回忆，而老线板的一头缠绕着白线，一头还缠绕着黑线。线上插着的几根针都已经锈了。塑料鞋底没有流行的时候，它们总是那么雪亮，又那么温热。童年唯一的一本旧《毛泽东选集》还在，它的腹中夹着一大沓报纸剪成的鞋样。报纸上的文字零乱，发黄的针眼零落。所有的脚印都从那座村庄消失了。

石臼

不知道多少岁的老石臼里，全是父亲爱吃的糯米……我使劲地跳到臼柄上，像一个猛士。可臼柄纹丝不动，就像是在嘲笑我在家里拍着胸脯吹的牛。我再次摩拳擦掌，吸气，肚皮贴到背脊上。可还没有跳上去，草绳的裤带就这样松了下来——没有穿裤头的我多么窘迫，在臼口那边喂米的母亲哈哈大笑。只是一瞬，被父亲昨晚打肿的嘴巴，又使她停住。她用袖管擦掉泪水。母亲说："鼻涕虎，你什么时候才能帮上我的忙？"木制的臼柄升起，木制的臼柄落下，它的那颗"大牙齿"上，粘的都是臼好的米粉。用力踏着臼柄的母亲敞开了衣服，衰老的乳房像老丝瓜一样摇荡，绝望的我看见她的发上布满了白色的米灰。趁着母亲去喂臼口的一瞬，赌气的我再次跳到踏臼的木柄上，我在迅速下沉，木柄吃惊地升起，有什么东西从我的身体中突然蹿出，令母亲头上的米灰都变了颜色。那些糯米一瞬间，就这么粉身碎骨。

雪汤圆

太饥饿的日子里，还记得那些天空下米粉的日子，母亲和我一起捏着雪汤圆——把米粒们放在两块石磨之间，米粒们疼不疼？如果这些雪汤圆，是真正的糯米汤圆……浪费啊，带着指印的雪汤圆，没有一颗能够存放到饥饿的春天。白日里，那些雪被众人踏成泥泞；黑夜里，我伸着双手想捧住，那些分秒的雪。我看见那些雪汤圆，在天空的铁锅里不安地下潜——谁能告诉我绝望的嘴唇，谁能阻止雪汤圆一颗颗自尽？我一生都在煮着雪汤圆，煮出的泪水比雨水还多情……

锈蚀之针

如今都把那针给遗忘了，拔根头发做根针已是传说。这年头，我已梦不到低头磨铁杵的母亲。我可以感到沉默的铁杵，它在焦灼之洞里慢慢下沉，越来越少的耐心已遮不住日渐荒芜的身体。我其实还可继续表演吞针，比如吞下缝棉被的1号针比纳鞋底的2号针勉强，在吞下3号钉衣针之后还嘬了一口残茶。更短小的4号绣花针和5号串珠针竟也吞咽了许久。好在傍晚的风突然转向，风吹干了我的吞针的想象，也吹干了我额头上的汗水。但我的舌下，还有一根无法吐出也无法咽下的锈蚀之针。

皲裂的血口

我们都是母亲血的再版。每年深秋，母亲的十根手指头上和脚后跟上就会张开许多血的小嘴巴，像是要替厚嘴唇的母亲说话，也像是要多咬几口面前的生活。到了冬天，寒风还会把血的小嘴巴越吹越大。看见它们，我感到更为寒冷。母亲的每一根手指都裹上了白色的胶布，每一道皲裂的血口中，都被油灯上烤化、滚烫的黑膏药注满。我在用火柴棒拢好血口的时候，母亲表情平静，心满意足。

铝钥匙

我堵在老屋前而不得入门，这是一起日常事故。母亲曾握过的铝钥匙还在，就像这么多年来，已不能再说起的宏愿，它还在我的口袋里，但已打不开塑料纸包裹着的“永固牌”铁锁。可以撬锁。可以练习夏夜卸门板乘凉的方式，沿着门轴把两扇连着的门卸下。可进去了又能取些什么？透过门缝可扣响昔日少年的木头枪，也可以问候喑哑的老屋和老家具。此时此刻，我听到了那些父亲饲养过的老畜生呜咽不已。

旧草堆

母亲说过每个人都有段晦暗的日子。是的，晦暗，我们的晦暗，青春的晦暗，这样漫长的青春，直到把春天耗尽。小麦灌浆，油菜结籽，沉甸甸的汁液令它们大片大片倒伏，视线里的凹凸，仿佛证实了使命碾轧的粗暴。田野的某处，有只鹧鸪在大声祈愿。我的悔恨实在太密集了，就像遍布河堤的一年蓬。也是这样空旷的初夏，我在老家的母亲，拆掉一座旧年的草堆，烧开了那碗求菩萨保佑的符水。

恩施与孝感

恩施与孝感我都没去过。

但我的眼睛去过。我很喜欢看地图，做一次地图上的旅行。可用蓝色的海洋喂养疲惫的眼睛，还可俯视老家附近的几个湖泊。老家湖泊多，童年时感到那么宽阔的湖泊在地图上比泪水还小。那比泪水还小的湖泊经常荡漾到我的梦境里，湖底的水草、脱了壳的蟹、河蚌（父亲的下酒菜）……我在湖面上追逐着父亲命令我饲养的鸭群、打了补丁的帆、威风凛凛的拖队。更多的是上了岸的夜晚，我睡不着，鸭虱和水虱咬过的伤口拼命地痒。母亲不让我抓，她用门上褪了色的封门钱给我擦（为什么要用褪了色的封门钱止痒？我到今天也不明白是什么道理，但是有效）。评论家王彬彬说我的小说写出了延迟的童年的伤痛，时隔很多年，伤痛还在，说是延迟，实际是绵延不绝。

我常常会翻到“湖北”这一页，因为湖北的湖泊更多，更大，像一片荷叶上的露珠，在我的眼睛里滚过来，滚过去，闪烁着奇幻的光芒，总是不肯停下来。其实我并不是想看湖北的湖泊，而是我很喜欢湖北的几个地名。比如孝感，比如恩施。这两个地名背后有什么故事，我不得而知，我总是感受着这两个地名或者是两个词语所传递出来的意味。在我看来，这两个地名可以进入天下的好地名之列。哲学家提醒我们要注意存在的“在”。可日子总是把人向前推，比如童年的窘迫，比如少年的荒唐，比如青春的莽撞，我们都忽略了，忙碌的灰尘就这样遮盖了来时的脚印，也遮盖了长辈们对待我们的恩情。

孝感和恩施这两个地名已烙在了地图上，也烙在了我的血脉里。就像海南有一种植物叫作母生树，这种树非常好认，它总是在根部长出一根分枝（仅仅一根），树干粗，分枝细，看上去就像是母亲抱着儿子，儿子依恋着母亲。站在母生树的面前，我的内心里全是羡慕。这几年，电视里总是喜欢用亲情做广告内容，我怎么看也是心疼。父亲去世的时候，我没有感到人生的空旷，而母亲的去世对我是一个打击，我有好长时间都没有恢复状态。有时候我在路上走着走着，心里就冒出一阵空旷的寒意，这是无处遮挡的空旷，也是无法诉说的空旷。世界的因果就这样赤裸裸地摆在我的面前。我知道一切都不可避免，可来到我面前的时候，我的恐慌就如同老家湖泊上的波浪，没有了避风港，也就没有风平浪静的时候了。

我们每个人身上都含有许多人，每个人都是世界上许多人的因果。三十年前，在扬州上大学的时候，我曾经用三个晚自习的时间在学校图书馆里抄下的长达六百多行的诗歌，是台湾诗人洛夫写给他母亲的，诗题叫作《血的再版》。其实，血的再版也就是母生树，而人生的空旷应该叫作人生的宽广。

永远有一棵母生树，这母生树上有两片叶子：一片叫恩施，一片叫孝感。

崴花船的那年春节

曾经金黄的清晨我低下头去

蒙尘的时光一一过去

谦卑把我取名为向日葵

公社宣传队上到我们村崴花船的那年春节，我家门口三棵长得很高很高的榆树上挂满了我父亲从河里罱上来的杂鱼。杂鱼的腹部被我母亲用一截一截的芦管撑开——像一个个迎风敞开棉袄的顽童。母亲还用一根竹条把它削细，然后将这些大小不一的杂鱼一律串起，这些“顽童”一下子就有了组织性和纪律性。我不心疼它们。我只想吃它们。所以我和一只馋嘴的黑猫就总在榆树下渴望，黑猫喵喵地叫着，像替我数数似的。母亲说，你相什么呆，正好陪我去舂米粉。是的，应该和糯米粉团了。

臼杵很粗。我总是要用全力才能将臼杵那头抬起，我母亲往臼口里撒米。一臼杵下去，很久才能抬起来。母亲说，你什么时候才能搞好哇。养只猫养只狗也比你有用。我又用力——只好全身站上去，臼杵那头好像咬住了臼口，我又用力蹲下去，其实蹲下去又有什么用？过了很久，臼杵牙齿终于被糯米粘疼了——松开了口……我从臼杵的一端落下去，猛然一震，脚后跟上的皲口就裂了开来，疼。还是再站上去，又一震。老棉袄里满是汗，我不能脱，我只是光身扛着一件老棉袄，像裹了一身盔甲。

我说，人家买了小鞭炮呢。我刚说完，母亲就骂过来，那是败家子。母亲的训斥使得我心情更加糟糕，就像已经融化开来的冻土。母亲也看到了我的沮丧，说，过年有崴花船呢，还有河蚌精。我赌气地说，我才不看呢。母亲对于我的发誓很不当真，看到时候哪个小狗蹿得比兔子还快。

下午做粉团的时候，我已累得不成样子了。我躺在灶后的草上呼呼大睡。待第一笼粉团蒸好后，我姐推醒我，吃团了，吃团了！我咬了一口就不想吃了，我又衔着米粉团睡着了……直至第二天早晨，我又看着三棵榆树上晃来晃去的咸鱼。咸鱼们逃了一夜，一个也没有从母亲的那根竹条上逃脱。它们雄赳赳气昂昂地在落了叶的榆树上做风向标。像在纪念什么生活。我和黑猫仍在眺望。天那么蓝。草屋顶上的霜开始化了，一层雾气。巷子上有换糖的糖锣声。当当，当当。我的耳朵都要震聋了，他的生意肯定不好。我已把母亲藏在破木箱里准备过年用的一袋花生糖偷吃得差不多了。糖我是不想吃了，我想吃咸鱼。而咸鱼们正在树上学习鸟儿筑巢，三棵榆树在过年。

过年了，穿着旧衣服的我什么地方也不想去。我和黑猫被太阳晒得软塌塌的，我们共同仰望着，不一会儿，我坚持不了了，我就开始打喷嚏，一个，又一个，再一个。母亲听见了，嘀嘀，再打一下。我真的再打了一个。母亲说，四百岁！再打一个！我真的想打，可我打不出来，眼泪鼻涕都流下来了，像受尽了委屈似的。母亲说，新新头上的，请你快跟我去把你的爪子好好洗洗，跟我去看崴花船。

我低下头看我的手，手的确很脏，全都是冻疮。三棵榆树依旧带着三串咸鱼扭来扭去跳秧歌，三棵榆树在过年。母亲突然笑起来，我擦了擦脸。母亲笑得更厉害了，我也跟着笑了起来，远处锣鼓声一声紧似一阵，公社宣传队崴花船就要来了。

我们的胆结石

胆结石：胆囊或肝内、外胆管发生结石的一种疾病。胆结石的形成与代谢紊乱、胆汁淤滞和胆道系统感染有关。胆石可分为纯胆固醇、胆色素钙盐及混合性。我国以胆管内胆色素结石最多见，常伴有胆囊炎及胆管炎，两者互为因果。发病时突然发生剧烈难忍的右上腹阵发性绞痛，称为胆绞痛。

——《辞海》（1978年版，1702页）

记得那棵全庄最高大的榆树还在，就在我家院子里。母亲在大榆树下对我说，一个妈妈可以养十个儿子，十个儿子不一定能养一个妈妈。当时不懂，但后来的生活全被母亲说中了。全身是病的母亲只能一个人留在老屋生活。

父亲去世后第六年，我准备离开家乡，去做一个乡下人做了多年还没有做成的“城里人”的梦。我劝母亲一起走，母亲不同意。一直到离家之前，我都努力想让母亲改变主意，可母亲一直没有松口，她坐靠在有她照片的墙下捻线坨。

本来墙上有两幅照片，父亲的，母亲的。在替父亲“化牌位”的时候，大哥主张把父亲的遗像烧了。挂父亲照片的那块墙上就多出了一块白，而一旁母亲的照片显得很孤单。但母亲总在有她照片的墙下捻线坨。照片里的母亲比捻线坨的母亲年轻许多。

其实母亲捻的线坨一点用也没有了，可是她爱捻线坨。一捻，那线坨就转，转得飞快，都看不见线坨了，只有一束倔强的光晕。

母亲最好的借口是晕车。闻不得汽油味，闻一下胆汁都要呕出来了。在我不断地劝说下，母亲还是很坚决，你走你的，我哪里也不去。母亲说，你是想让我去坐牢。母亲甚至说了一句绝话，你叫我去，你是存心想让我早点闷死。母亲还说，人家能过我就能过。

母亲的固执有如我老家的许多老人的固执。老家空荡荡的村庄里除了房子，就是老人了。到了晚上，老人们哪里也不去，猫到床上，在黑暗中睁着眼睛睡觉。他们的子女基本上全在南边打工，只有过春节才回家一次。

我说多了，母亲不拒绝了，说出了一个大理由，“等你发了大财了”再去。这个问题就把我难住了，令我羞愧，也让我暗暗有了雄心。可是雄心只是瞬间的事，我不知道我怎么才能发大财，什么时候才能发大财。出外谋生的乡下人有多少发了大财的？

母亲全身都是病。她患了十几年的高血压，心脏病，骨质增生。高血压和心脏病都有常用药对付，只有骨质增生令我们头疼。我们问过医生，骨质增生疼起来是非常疼的。可是母亲说不碍事。村医院的医生也说她老了，零件也朽了，都是老毛病。最大的问题应该是母亲的鬏。

母亲的生活费是我们仨兄弟均摊的，医药费也是如此，这一点没有什么问题。母亲如果不生病，自己是能够照顾自己的。比如烧饭、洗衣服、倒痰盂。可最大的问题是母亲每天一定要梳头，还要窝鬏，就是老年妇女的那种鬏。

窝鬏是一件非常费时的事，母亲发了心脏病，医生劝她把后面的鬏剪了，母亲没有同意。母亲的鬏有三十年历史了，我妻子曾在地摊上买到了几副织得不错的网鬏，是五彩丝线编的。我带给母亲的时候，母亲很是高兴过一阵子。至于鬏上的一根簪子，她说是父亲买给她的，父亲没有舍得买足金，是包金的，上面的金水早掉了，只剩下铜色。母亲的鬏也没有以前大了，但母亲还是每天打开那生了锈的铁皮梳妆盒，用缺了齿的牛角梳梳她的长发，窝好鬏，然后上网鬏，然后插铜簪。一步不能少。

母亲的心脏刚好些，她又开始准备窝鬏，可是她还没有梳好，疼痛的心脏又快速地跳了起来，医生把我们骂了一通。后来还是我帮她粗略地窝好。母亲很不满意，夜里就把它重新散开了。就在陪床的我睡着的时候，她又重新把头发梳好了，窝好鬏。早晨我对母亲发了火，我说我工作很忙，我说她不爱惜自己，让我们这些做子女的怎么办？母亲不说话，她躺在病床上，不说话，也看不出她生气的样子。她肯定满意自己的这次梳妆。

母亲头发后面的鬏还是没能保住，是她自己主动剪掉的。原因就在于她得了胆结石。我由于出差，没有得到消息，等得到消息回家的时候，母亲已经住进了县城人民医院。

胆结石的疼痛我是知道的，胆结石之疼是不要命的。那疼，是把一个人所有的神经全部抓住。一旦发作起来，经常是疼得在床上打滚，嘴唇都咬破了。也就是能把人往死里疼。这样的场景我见得太多了。老家水质不好，每个人的胆囊负担都重，什么胆囊炎胆结石似乎太多了。也正是这样的原因，外面作为大手术的胆结石开刀，放在我们那里的乡镇医院只是小手术，更不谈县城的人民医院了，据说县城人民医院的外科医生开胆结石在全国都很有名。

我看到了母亲，她脸色很差，她见到我，似乎很不好意思。她说，医生说她胆大。我不说话，我觉得母亲有点怪，她怎么老是低着头？后来我看出来了，她头上窝了那么多年的鬏给剪了，剪成了齐耳短发。她有点不好意思呢。母亲依旧说，医生说她的胆大，胆里面还有石头，你说石头怎么会钻到里面去了呢？我怎么回答？

母亲又抓了一下后脑，说，这下梳头很顺手了。我心里很不是滋味，她一点不像我父亲，她还是那样，从来不想给子女添麻烦。临出院，母亲给我提了一个要求，叫我替她买一顶“扎头布”，也就是方巾。可是现在的县城不是过去的县城了，现在的县城不卖过去农村妇女扎的方巾，而是卖一些时髦的丝巾，或者纱巾。根本没有什么方巾。最后我买了一只发箍，她戴上去，对着玻璃照了照，怎么也觉得别扭，还是取下了。

我没有问母亲剪下的鬏放到什么地方去了，也没有问那根铜簪子。没有鬏的母亲头发就容易乱。有时候我回家，远远看见母亲，总觉得她心里有个保存了很多年的东西被剪去了。

每次抽空回家一次，庄上的几个老太太见我回来，总是喜欢跟我说话，说她们的孙子孙女。这些留在身边的孙辈总是不听话的多，有个叫宁娣的老人还把她的孙子拖到我的跟前，意思是叫我“传达他父母的话”，帮助这个老人撒谎。看着老人的表情，我只好撒谎。

我的撒谎肯定是不管用的。后来听母亲说宁娣还和整天沉湎于游戏机室的孙子打架。追了全庄。后来打油了，这个常常逃学的孙子还和他奶奶对骂，直到把他的奶奶骂哭了。

这个还不算惨。

邻庄有个老人帮助儿子带孙子，结果孙子下河钓龙虾溺死了，他自己只好也喝了农药。那个喝农药死的老人的葬礼，母亲去看了，眼泪鼻涕淌了一大把。你说怪谁？难道能怪老人吗？

还有一对老人，儿子和儿媳双双在外面打工遇难，他们现在只好重新种田，包了人家不种的十亩田，头发都忙白了，老头还问我外面有没有需要他做的活。

老母亲一个人在老家生活，我心里总觉得很内疚，但往往后来就忙忘掉了，只是在打电话的时候，我才想起自己的不是。我在电话里经常劝我母亲，不要舍不得钱，要舍得买东西吃，不要老是一天三顿粥。

由于俗事，我每次都像点火一样回家。为了减轻我的愧疚，我会从超市里买一大堆东西带回去。母亲会骂我，我又不吃的，你真的发了广东了？你什么时候把房子买下来再这样做。

我以为母亲责怪完我之后就会吃的，后来我又回家，她真的没有吃，她说她吃不惯。其他的老太太也过来看我，七嘴八舌的，她们的意思也是不要被人“洋盘”（意思是被人骗了）。她们说得非常肯定，弄得我的母亲也以为我被骗了。母亲很相信她的老伙伴。

母亲的伴中还有过去和母亲有过隔阂不说话的人，比如我家前面的稻香大娘。母亲与她曾为她独生儿子砌房子而吵过架，原因是前面房子砌得太高，挡了我家的阳光了。去年我回家时母亲说，“稻香还争呢，就一个儿子还和她分家呢”。分家后的稻香大娘老两口后来住到了过去知青住过的草棚里。现在他们又住回来了，原因是一样的，儿子出去打工了，老两口现在住四间大瓦房，这是过去想都不敢想的。现在有得住了，反而觉得太旷了。

母亲和那些伴在一起，在老家活动的范围变得很大，使得我每次回来总找不到她。母亲的伴中并没有打麻将和吃素念经的。母亲不会打麻将，同样她也记不住那些难记的经文（念经的二姑曾经叫她就跟在里面哼哼也行，可母亲不同意）。现在母亲的爱好就两个，一个是“拉呱呱”，一个是去看人家办丧事。

老家的丧事是很费财费时的。送葬、“六七”以及“化牌位”，大的一共三次，每次都要花上万元。和尚要请，丧乐队要请，哭丧队要请。现在吃饭也改革了。过去只吃一顿荤，其余是素，而现在只一顿荤已经没有人来吃了，必须每顿都有荤，三顿都有酒。热闹，还气派。

母亲和她的伴喜欢看，看完后还评价，谁家是请了“七大师”坐台，还是“九大师”坐台。谁家还请了“十一大师”呢。有派头。谁家的花圈那么多，女儿“浇花水”都浇不过来了。谁家还请了丧乐队。谁家请了哭丧队。有时候我听到她们津津有味地谈着，心里很不是滋味。我总不可能对母亲许诺什么吧。

母亲说过，她宁可不要什么哭丧队，也不希望我们兄弟将来为了钱不和。我以为母亲说过一次就罢了，可是母亲在有一年腊月里我回家时重申了一遍。我知道她心里已经把这个问题想了好多遍了，不然她不会就这个问题反复地强调。

有一次回家，母亲却不在家。村支书还帮我找了一圈，还是没有找到，我等了母亲足有两个小时，门口的人基本上都被我发动起来了，还是没有我母亲的踪迹。最后只好动用了老家的大喇叭，那是为了喊人接公用电话时用的，村主任在大喇叭里喊："庞余亮的妈妈，听到广播后快回家，你家庞余亮回来了。"

半个小时后，母亲出现了，一脸的歉笑，她还责怪我，你怎么今天有空回来了？母亲是和几个老朋友一起去看人家怎么做后事的，一脸的兴奋，"不用钱""自带干粮来唱歌""不烧纸""也不念经""还不要丧乐队""省钱"。

她们是真正的羡慕。

我一直担心着母亲的身体，我叫她定时吃药。但我母亲的身体还是又一次垮了下去，心脏又出了问题。我回家的时候，她又怪罪我死去的父亲。她说，不是那个老东西总是拿别的女人气她，她也不会得心脏病。

我在老家待了几天，母亲和我谈了很多，她后来也不骂我父亲了，而是开始怀念我父亲。我父亲的聪明。我父亲的勇敢。我父亲的能干。

老家清理坟地，需要为父亲移坟，我们弟兄三个一起回家。母亲照例没有去父亲的坟地，这是我们老家的规矩。我们还在父亲的坟前立了一块碑。母亲其他的话没有问，只是问了我，有没有她的名字。我说，当然有。她又问，是什么颜色。我说，当然是红色的了。母亲不说话了。

母亲在面对死亡的时候实际上很乐观。在父亲死的那一年，母亲就自己买布料，找一群会做老式盘扣衣服的老太太裁剪，然后她就自己给自己做“寝”。我不明白为什么叫“寝”，母亲说，就是“老衣”，是为老人过世时穿的衣服。当时妻子还有意见，说不吉利。但是母亲说，过去还有老人置“老材”在家呢。

母亲一针一针地把“寝”缝好，自己试穿了一下，她说，只有活着穿一下才能算自己的。母亲还吩咐我，她“老”了之后火化之前一定要给她带上一瓶麻油。主要是用于治疗火化时被“大炉”烧烫的伤口。

母亲是怎么得到这样的方法的，这其实并不重要，重要的是她相信了，并说给我们做儿女的听了。

夏天到了，老家的老人最重要的事就是晒“寝”，晒他们百年之后的“寝”。死亡对于他们而言就是一场睡眠吗？或者他们这样做就是不相信自己的子女吗？老家的老人们把针脚很好的“寝”晒在门板搭成的晒台上，她们不再“拉呱呱”了，眯着眼睛看着门外，由于只剩下了门框，阳光就大把大把地涌到她们的眼睛中。

大哥和二哥现在都像父亲母亲一样有了高血压。大哥告诉我要注意，这是遗传。我知道遗传的厉害。可我总是觉得我遗传了母亲的胆结石。右上腹有隐痛。

但医院里的体检速度很快，医生说我没有胆结石，我并不相信。再后来，我不放心，又找了一个朋友，这个朋友又找了一个熟人，医生看了我的B超报告，又摸了摸我的右上腹，很惊讶地看着我，问我，疼不疼？我说，疼，有时候疼得要命。他没有说话，只是笑了笑，好像很有意味。我知道他的意思，他是说我不像，我脸色不像，我这样做是捣蛋。医生最后下了结论，你的胆囊是有问题，胆囊有点发炎，吃点消炎药吧。然后他就哗哗地给我开了一大堆消炎药。还说，只能算作“疑似胆结石”了。你如果再疼的话，就要输液。但我还是疼，就像那些被不断砍伐的榆树的疼。

现在老家最多的植物榆树早已被意杨代替，虽然意杨很值钱，可我还是喜欢榆树。记得有一次，母亲在我过生日的时候奖励我一个鸡蛋，我坐在我家门口的大榆树下慢慢地剥着吃。榆树在风中摇来摇去。榆钱就落到了我的头上。母亲说，过生日钱打头，看样子，你将来是要发财的。

可到了今天，我没有发财，更没有达到母亲开玩笑所说的“发了广东”。但每当想到老家的榆树，就总是觉得母亲还在。可母亲的确不在了，老家的那些榆树也不在了，母亲也过世十二年了。到了我的梦境中，母亲的发式总是那没有纂的凌乱的样子，来不及询问母亲，就疼醒过来……我们这些不孝子啊。

糖做的年

“拜年拜年，花生和钱；不要不要，朝衣袖里一倒。”

这是过年的童谣。可小时候，我根本没有这些。那时的我只是希望过年的时候，能够有一粒糖满足我一年来对于“糖”的无穷无尽的想象。

说到以前过年的事，我女儿感兴趣是感兴趣，但就是不懂为什么没有糖吃。小学老师问我们：你长大了将要做什么？这是每学期作文中必须要做的一道作文。我在作文中的理想是做一名光荣的解放军战士。这个理想在当时来说，属于流行的理想，就像现在的小学生理想是将来要做比尔·盖茨、做大明星一样。

可是，我在这个每学期都要写的理想上撒了谎。我最大的理想就是去做糖厂工人，每天都能够面对糖，想怎么吃就怎么吃，想吃多少就吃多少，连我的头发我的衣服都跟我一起吃糖。十六岁那年，我去扬州上大学，我特地花了五毛钱，买了一大把高粱饴放在裤袋里，每当老师背过去板书的时候，我就剥出一粒糖塞到嘴巴里……什么叫作甜蜜？那时那刻就叫作甜蜜。

家里是根本没有糖的，除了那五分钱一包的糖精，可这也属于母亲“管制”的范围。而门外的货郎糖担上的麦芽糖是需要辫子、废铁、废纸、废塑料、鸡内金来换的，可是母亲已抢在我前面把它们换成了发夹或者针箍什么的，所以对于货郎糖担上的糖我也没有什么奢望。为了满足自己吃糖的愿望，我吃过有些甜味的胡蜂的屁股，有些甜味的玉米秸秆和有些甜味的青棉花桃……而那些，只能勾起我对甜的更为疯狂的想象。如果“年”是糖做的话，该有多好啊！

十岁那年，我开始了对过年的反抗。反抗的原因不只是因为糖，还因为过年没有新衣服。我不说话，也不吃饭。母亲和父亲肯定猜到了我反抗的原因，但他们就是不理睬我。那一年过年我没有出去抢鞭炮，也没有出去拜年。到了下午的时候，母亲悄悄走到我的身边，从她布做的“腰里钻”里掏出一粒明矾一样的东西来，她没等我说话，就把它塞到了我的嘴巴里。我差点跳起来，原来是糖！还没等我问，母亲告诉我，这是冰糖。原来世界上还有一种叫作冰糖的东西！十岁过年的反抗，就这样被母亲的一粒冰糖打败了。

十岁那年的年就这样成了糖做的年。记得十岁过年的下午，我带着冰糖的滋味在外面玩了一个下午，一直到晚上，星空罩在我的头顶上，我看着那些闪烁不已的星星，觉得它们都是母亲掏出的冰糖。

两个春天的两杯酒

喝第一杯酒时我十四岁，正准备中考。因为是首届初三，老师们全是劳动模范。这门老师还没有下课，另一门老师已站在门外候场了。数学老师是位胖胖的女老师，喜欢四节课连上，中间不下课。我是不好意思在女教师面前举手上厕所的。我决定少喝水，稀饭仅喝一小口。虽然口渴，但不再有憋尿的尴尬了。

中午下课后，我飞奔回家，用葫芦瓢舀水缸里的水喝。咕咚咕咚地喝。喝第一口酒发生在表叔回乡的那天中午。我没有去灶房喝水，而是去堂屋拜见表叔。父亲和表叔已吃完了饭，桌上有剩饭剩菜。但吸引我的是家神柜上父亲的那只茶缸，里面有水。我拿起来就喝。那不是水，而是酒。那也是我人生中的第一口酒，我牢牢记住了它的焰火——那滚烫的，灿烂的，无边无尽的焰火，在我的身体中，噼啪，噼啪。

这是表叔带过来的大麦烧。这次误醉令我缺席了下午的复习课。再后来，因三分之差我没有进入全县最好的高中。拿到录取通知书后，我想到过这杯大麦烧，它让我少听了一道题目，这题目说不定就在中考的试卷上……

第二杯酒与母亲的去世有关。那时父亲已去世九年了。离误喝大麦烧二十二年。这二十二年，是我离开家门的二十二年，高中，大学，教书，跳槽，我与长了我四十七岁的父亲很少有说话的机会，也没有和父亲同饮的机会，父亲瘫痪后更是没有这样的机会。对于热情相邀共饮的友人们，我会以请求或祈求的姿态拒绝令我醉酒的可能。

2003年5月，我回老家陪伴了母亲最后昏迷的十六天。把母亲和父亲合葬之后，按照家乡的风俗，应该吃“下红饭”。我和我的两位哥哥理应向所有的亲友敬酒以示谢意，但作为老巴子的我不知道为什么，顿时发作了“老巴子脾气”，独坐在母亲的牌位前，坚决拒绝向亲友敬酒。

带着“失礼”的愧疚，奔丧结束的我回到长江边的小城。我想上班，可一个电话又让我难受起来。“非典”形势太严峻，按照规定，从外地回来接着上班，须要去医院做一个安全检测。这是当时很正常的规定，但我特别地憋屈，老家没有“非典”感染人员，我工作的地方也没有“非典”感染，为什么一定要去医院做检测呢？

第一次抽血很不成功，小护士扎了几次针都没有找到血管。小护士满脸愧疚地看着我（可能看到我臂上崭新的黑袖套），让我换了一只胳臂抽血。我一点也不觉得疼。过了很久，抽血成功了。再过了很久，我拿到了一纸没有感染“非典”可以上班的证明。在那天晚上，得知我回来的朋友请我吃饭，见我忧愤的样子，朋友小心翼翼，话说得很轻，可他刚说出“酒”字，我便点头同意了。

那是我人生中又一次醉酒。时隔二十二年后的第二次醉酒。我的第一次醉酒是因为莽撞，父亲看到了。我的第二次醉酒是因为母亲，但母亲没有看到。

现在，这两个被酒灌溉的春天已成为我的绝版。亲情与酒，都是酿造而成的，看上去平淡无常饮起来却滚烫无比。无论是忧伤的、疼痛的，还是欢乐的，那亲情，那酒，都会慰藉茫茫黑夜漫游的我们。

比如，昔日不再。比如，此酒长醉。

慈姑的若干种吃法

慈姑、荸荠和莲藕一样，都属于水生植物。叶子都“出淤泥而不染”，可人们为什么仅歌颂莲藕呢？

慈姑像一个扎着翠绿头巾的小姑娘。这个叫“慈姑”的小姑娘，一边在风中小声地说话，一边用牙齿轻轻地咬着头巾的一角。

——这意象来自舒婷的《惠安女子》。自从爱上了诗歌，家乡的每一种植物都被我抒情过了。

但我明白，抒情是给贫苦的记忆“镀金”。“镀金”的表层下面，依旧是窘迫，是沉默，是饥饿，还有旷野里的默默痛哭！

大雪季节里的痛哭是我一个人的。那年我六岁，父亲早早挖开了我家二分地的慈姑（他是粗挖），而我必须独自再在父亲挖的每一块粗垡中，找到一个个隐藏在土中的慈姑。

为什么不在大雪季节前，甚至可以在初霜之前，把所有躲在泥土中的慈姑挖出来呢？

父亲说，挖早了没慈姑味。

每一颗带慈姑味的慈姑又都是狡猾的，它们躲在淤泥中。我的每一根指头，都被带着冰碴的淤泥完全冻僵。开始是疼，后来是麻木，再后来又疼。又痒又疼。清水鼻涕……旷野无人，我被冻僵在一群在淤泥里和我捉迷藏的慈姑之中。

从那时起，我决定不再吃慈姑。

而家里的每一样菜是离不开慈姑的。比如令汪曾祺先生念念不忘的咸菜烧慈姑，在我们家几乎是家常。一点也不好吃。当然，如果是慈姑烧肉（那是大块的肉和慈姑们一起过年）或者慈姑片炒肉片，那我对慈姑的看法会改变一些。

可哪里有钱买肉呢？继续吃慈姑，或者继续吃咸菜烧慈姑。

幸亏在这样的慈姑家常菜之外，母亲又为慈姑发明了两道菜：一是把慈姑做成圆子，二是将慈姑变成栗子。这两道菜是母亲的魔术，也只有在大雪节气的农闲时节，母亲的魔术才能充分展现出来。

慈姑做成圆子的方法需要一只金属的淘米箩。金属淘米箩外密密麻麻的齿洞是天生的小刨子，将慈姑放在上面来回地磨，慈姑被磨成了粉末，和以面粉和鸡蛋，再捏成丸子，放在油锅里煎炸，就成了与肉圆差不多的慈姑圆子。

母亲还有一个绝技，她能将慈姑肉变成栗子肉。慈姑味苦，栗子粉甜。但母亲会变魔术，她将慈姑们放到清水中煮熟，捞起，再放到太阳下晒干。雪白的慈姑成了栗子色。慈姑味消失了，有栗子味了。

我喜欢吃母亲做的慈姑圆子，也喜欢吃慈姑干。我曾将这两种慈姑的做法告诉研究地方史的老人，他竟然听说过。他还说，他也要回去试试。

因为慈姑，我实实在在地为母亲骄傲。

檐下燕

老家的屋檐下，总是有一些神秘的伙伴。有次我倚在门框上看下雨，正在搓草绳的母亲说，家蛇也在数檐雨呢。

母亲的话把我吓了一跳。有爬行动物恐惧症的我赶紧把檐口搜视了一遍，没有发现蛇，倒是看到许多雨滴沿着檐口的麦秸秆向下汇落，晶亮晶亮的，就像蛇的小眼睛眨来眨去。搜完了檐口，我又环顾屋檐，屋檐下有个很大的燕子窝，燕子每天穿过屋檐归巢的次数，绝对比我们几个加起来还多。

那时真是不懂事，贪玩，还和母亲顶嘴。母亲说，你们看看燕子，起早带晚的，一刻也不停，多勤力啊。“勤力”是母亲的口头语，意思是不惜力气。

燕子年年来我家，母亲不允许我们碰燕子窝，更不允许乱动乱跑，免得吓坏了燕子。那时，在我小小的心里，天真地认为屋檐下的燕子也是母亲饲养的。

后来我们一个个长大，丢下母亲，离开老家，冒冒失失地来到了城市讨生活，油灯换成了日光灯，几乎是日夜不分。开始是不习惯的，后来还是习惯了在人家的屋檐下讨生活。有时会站在铝合金的窗户前思乡，恍惚，虚幻，想不出檐雨的模样，家蛇眼睛一样晶亮的檐雨都送到下水道里了。

谁知道有只燕子也跟着我，它几乎和我一样冒冒失失。它在我们单位找不到屋檐，只好在走廊上的路灯罩旁筑窝。真不知道它的泥是怎么来的，那些草丝又是怎么来的。我发现的时候，燕子窝工程已进行了一半。白天还好，不怎么看得出来。到了下午四五点钟，路灯打开，那黑色的燕子窝就显形了。我真担心它被清洁工解决掉。每天早上我总是先向这只未完成的燕子窝“报到”，估计清洁工阿姨也是喜欢燕子的，她“忽略”了燕子带来的不便，时不时地去清扫落下来的“建筑材料”。燕子的工程在我们的工作日的时候进展得比较慢，而到了双休日进展得比较快。用母亲的话说，这燕子“勤力”得很。

我本想等到燕子窝工程完成了拍张照片传到网上。偏偏还是没有完成。一个周一早上，刚刚上班的我发现了地上的燕子窝，估计是遭到了强拆。后来发现不是这么回事，路灯的灯罩是塑料的，衔过来的泥也不是老家农田里的黏土，只是公园里的沙土，待一干燥，燕子窝自然坍塌。

还没等我叹息完，燕子又开始了它的重建。再后来，又坍塌。我都不忍心了，用胶带把坍塌下来的部分泥燕窝粘上去。还给燕子钉过一只木燕窝，都是徒劳。在这个水泥的屋檐下，泥印迹是留不下的，泥燕窝也是做不成的。可这只固执的燕子似乎和灯罩较上劲了，等到秋风起的时候，它依旧没有放弃它的泥燕窝之梦。秋天越来越深了，一直等到爱美的女同事都穿上秋裤的时候，燕子不见了。

它去南方了吗？

它还会回来吗？

我常常于走廊上，仰着头，在这水泥屋檐下，看着灯罩上的那泥印迹发呆。

我是平原两棵树的儿子

那是平原上极普通的两棵树，一棵叫槐，一棵叫苦楝。我是平原两棵树的儿子。

我的母亲槐，平原上最平常的女儿，她一生下来就必须忍住哭泣，很懂事地在家中带弟弟，洗衣服，做饭，喂猪放羊，少吃少穿，少说多做。再后来，在苦日子中一晃长大了。5月要割麦，割有尖尖麦芒的麦，经常割伤了自己的脚；6月要插秧，插那青青秧苗，手和脚都被泡烂了，褪掉了一层又一层皮。还记得忙里偷闲，摘一朵苕子花戴在自己的长辫子上。为兄弟为父母为从未谋面的未婚夫做鞋，那厚厚的布鞋底，坚韧的长长的鞋线常把手拽出一道又一道伤口。

手上患了许多冻疮的是她，脚上皲裂了许多大血口子的是她。过了正月，她就要在嘀哩嘀哩的唢呐声中出嫁了，这是她一生中最美好的时光。出嫁之后，她将成为平原上担水的少妇，清亮的有些忧郁的少妇。这时槐花就悄悄开放了，乳青色的槐花开得遍树都是，一嘟噜一簇簇开放着，作为儿女的我们把这花叫作母亲花，一辈子就这么灿烂地大把地开放。

之后，母亲腆着肚子干农活，之后要一心一意为儿女为丈夫。她失去了她的名字槐，成了孩子妈，孩子的名字也就是她的名字。为儿女，她操碎了一颗心，儿女冷了？热了？饱了？饿了？对那些在外的儿女，已有了些许白发的母亲始终在心底为他们留一块地方。大雪降临，我们母亲的头发白了，她孤单地待在村庄中，祝福着远方的儿女们。

哦，这落了叶的老槐树，她还得为她的儿女们操心，什么样的风雪也压不垮她！洪水使她逃离家园，战争使她失去了第一个丈夫，饥荒和瘟疫使她失去了一个儿子，但是她仍活着，老槐树年年将一大把槐花放在我们心头上开放。

我的父亲苦楝，这耐劳沉默的树，他似乎一夜之间就长成了树。是自己父亲的过早离世，还是贫困和战乱使这黑脸少年匆匆长大？

但他沉默着，我询问了多少次他也沉默着，即使说话，也只是三言两语。面对母亲，面对一大群嗷嗷待哺的儿女，面对各种人情世故，他没日没夜地劳作，喝大麦酒，抽榆叶烟，一声不发。我没见他笑过，也没见他哭过。他的背似乎一生下来就弯了下来，在他弯曲的背影中，我读懂了“悲怆”和“坚持”这两个词。他好像从未病过也不能有病，一家的支柱啊，内心的苦楚与谁诉说？他一生唯一的朋友就是那瘦而缄默的老耕牛，他和牛，这平原的栋梁，支撑着平原的天空，还有什么比他们更坚硬呢？他在与宿命做斗争，与贫穷做斗争，与衰老做斗争，有了伤口，用泥巴一抹。到了春天，有谁想到，沉默的他也会在枝头开放出一簇簇暗红色的小花，浓烈的苦香，透彻了我的生命，作为儿子，我感谢这花的苦味，苦味中的芳香。

啊，苦楝花，我的父亲花，暗红色的花朵多像是父亲在耕作之后双腿上渗出的血珠啊。我曾听说有一种马叫作血汗马，面对苦楝，我分明看见父亲的苦楝花在骄傲而不屈地怒放着！

我的母亲，我的父亲，他们都在衰老着，谁能阻止他们的衰老呢？但他们永在，与平原永在，他们一生遍撒槐和苦楝的种子，年年春天，平原上都有大把大把的槐花和苦楝花开放。年年到了这时，我的血和我的魂就会在花丛中微笑；孩子，千万要记住，永远在土地上歌唱！

无水时代

只有到了深夜，我才能听见水在自来水管中低沉地呜咽。它肯定在怀念童年的四季，城市之外的万物，还有我破碎的榆树村。被加工过的水在自来水管中奔突着，仿佛一颗隐忍的心——谁能够偿还童年的榆树河？无力的偿还永远哀伤。

无力偿还的还有榆树河上的那个叫喊的少年。他的叫喊是由于父亲的威逼，脾气不好的父亲让他在一个下午学会游泳。固执的少年夸张地叫喊，而这些叫喊后来就成了榆树村的笑料。开始他很是为这些笑料而恼怒，后来他自己也能够说他自己的笑料了。再后来，他就成了榆树河上的常客。少年的身上开始布满水锈，黑得像甲鱼身上的伤疤闪闪发光，那是树枝、泥坷、鸭虱子分别作用的结果。树枝的痕迹是条状的，泥坷的痕迹是团状的，鸭虱子的痕迹是点状的，这么多年了，它们都成了榆树河留给他的奖赏。后来，在榆树河那条长长的防洪堤上，那个少年一手举着火把，一手握着鱼叉，而他所要捉的鱼们，全变成了星子游到了天上。

但现在呢，除了地图上那些清蓝的湖泊和河流，地球上的榆树河不见了。赶在榆树河消失之前的是那些高大的榆树，取代它们的是功利和嚣张的意杨。没有了榆树，榆树村就和我一样谢了顶，清澈的眼神也浑浊起来。那么多水，那么多如童真般甘甜的水到什么地方去了呢？记忆的沙漏就这么带走了我的榆树河，连同榆树河的河泥，那些多年没有清淤的垃圾就这么阻隔在我的中年。榆树河边的村庄，吉祥的村庄，那个少年还在榆树河中仰泳吗？

对于榆树河，父亲总是说起民国二十年，也就是1931年的大水。从天而降的大水淹没了整个榆树村，父亲用一只小木桶把我的爷爷救起。而我最为难忘的却是1991年，那是我最为痛苦的一年，我想离开我的榆树村，却因为父亲的病无法离开。洪水从榆树河里涌上来了，围困住我的村庄。我捧着一本《天使，望故乡》，坐在瘫痪的父亲身边读。不识字的父亲很困惑地看着我。一辈子在榆树河上放鸭的父亲肯定不知道谁是汤姆斯·伍尔夫。而我想的却不是伍尔夫，我在想我的榆树河，为什么它的脾气变得如此暴戾？如果它奔涌而来，我会不会驮着我的病父从水中突围？父亲当年那么暴力地逼我学游泳，是不是为了对他的救援？

后来洪水还是退下来了。再后来就是1992年的大旱，榆树河一下子变得又瘦又小。再后来是1997年的台风，1998年的洪水。到了2001年，又是一场洪水，童年那么乖戾的榆树河脾气变了。榆树河边的村庄变得虚空，很多人去了城市，把孤独的榆树河留在了那里。那一次，我回乡看母亲，母亲在码头上等我，那榆树做的木码头已经断落，我一下子怔在那里，听到了一颗隐忍的心在河水中的嗓音，谁能偿还一条河的恩情？那个在榆树河上的少年就是我吗？

在母亲去世的前一年，榆树河真的消失了，先是垃圾的占领，后来是黄土的填埋，它变成了一条铺上了劣质水泥砖的路，路边有一家游戏厅。走在这条尴尬的小路上，看着那些后生匆匆走进游戏厅，我突然就想到了我在北京看到的太平湖。在母亲的身边，我写下了一首《太平湖小史》：

三十年前，它开始接纳死者
二十年前，它接纳垃圾
十年前，它消失是流浪者用工棚
把它分居
五年前有人赶走了那些流浪者
几幢高楼把太平湖升高
成为开发商补偿拆迁户的小区
半夜里被湖水凉醒的居民
有点像骆驼
他们把刚刚被商业折腾过的一切
都贮藏到他们的背上。

没有了榆树河，也没有了太平湖，无水时代就这样来临了。我开始尝试理解脾气不好的父亲，理解我面前的生活。如果还记得榆树河，记得太平湖，那么童年之水就不会离开我们。其实，每个从榆树河出发的少年都像是侠客腰间的水囊。离家远了，故乡就把它变成了驼铃。变成了小王子隐秘在沙漠里的一口井。如果听不见水声，也看不见那么清澈的水，那么我们就会成为失水的人，琐碎，多梦，烦躁，焦虑。这时候，你就必须学习诗人希尼所指示的那样，做一个卜水者，用童年的榆树枝在回忆中勘探，只要你想念内心的水，那探水的榆树条总有一个时刻，会为你激动不安起来，为我们这个无水时代幸福地战栗起来。

报母亲大人书

妈妈，月光下喊你一声，老屋的瓦就落地一片。生活分崩离析，记忆无比清醒。我，继续被岁月暴力运输。“小心轻放”：我过去的小学荒芜。“此面向上”：我过去的中学锁紧。“保持干燥”：凋零的故乡早早易了名字。妈妈，我在抿紧你的厚嘴唇，委屈也不多言，如冒充哑巴的泥塑，不习惯担忧天下。肥厚的心，总有冒烟的源头。纵火的少年，你还在吗？1984年冬夜，大二的我反复抄写一个词“流浪”。1988年春夜，我用无法带走的旧信烧开了一锅水。1992年夏夜，我拔掉智齿，进入婚姻。1994年秋夜，半个父亲在一团乱草中去世。2003年，妈妈，你睁大眼睛饿死了你和我。

妈妈，这些年，我倦于看书，倦于旅行，倦于举杯。要么枕头太硬，要么又太软。脾气不好的父亲，如铜锤花脸在我身上留下的伤疤，一共七个。我不是记仇的人，从一数到七，北斗七星长照我未写完的句子。妈妈，喜欢苦情戏的妈妈，想不到最后的集合，是为你送葬。如今，他们出轨的出轨，离婚的离婚。嗜赌的那位早忘了你的忌日，逃跑的债主是炒股失败的花旦，带着永不还钱的决心躲在某地，把酷似你的肖像模糊，在一张虚假的身份证下度日。

妈妈，你说我是继续关心他们，长着和你一样的脸的他们，还是决心忘掉他们？长着和我一样的脸的他们，无人打扫的楼梯上，我是唯一的脚印。

妈妈，在网上消耗时光的不是我，是另一个名字。在应酬的碎片中虚荣的，也不是我。我服下白药片：鼻眼间勾画的白，表示去日苦多。我服下黑药片：去日里不乏有乐，但没人证明的快乐，就是导致失眠的说谎。“贪心不足蛇吞象”，这不是我的唱词。妈妈，我是在固执中渡河的黄河象。锯下昔日野心似的长板牙，可做上朝的笏板，亦可做一副象牙麻将。

妈妈，砖头返回到泥土，头发返回到眉毛，命运不信任橡皮，我把金字刻在额头上。妈妈，你说说我是迭配沧州的林冲，还是迭配孟州的武松？

妈妈，月亮的铜鼓里，全是雨水。

妈妈，当初我在门后烧掉的诗稿，被烟熏干的泪，又如何清算？妈妈，因为你收容过的九个月，我已是一个失眠的天才。

绕泥操场一

十六岁，我离开父母，考入师范。

十八岁，师范毕业，分配至一所农村学校任教，

那是1985年，我赶上了第一个教师节。

我在那所学校待了整整十五年，

听过多少钟声，用掉了多少支粉笔，

又擦掉了多少粉笔灰指纹啊。

我的泥操场上遍布了露珠。

2000年秋天，我丢掉了粉笔，再也写不出露珠了。

仅仅剩下那些未完成的手记，如碎玻璃。

再后来，那些碎玻璃化成了淤泥。

露珠笔记（125 滴）

漫步至乡村小学的门口，校园里一片漆黑
似乎有轻轻的啜泣声从里面传来
随后我靠在那浓浓铁锈味的校门口
悄悄地嘲笑我的错意
不是一群孩子，而是一群过去的日子

村庄打鼾，群星闪烁
白日的错别字全都不见
是一群孩子睡在我的心里
像野兔一样竖着长耳的警惕
哦，不是一群孩子，而是一群过去的日子

不要吵醒他们，我的心
像悬挂在树杈间的铜钟

夜风一阵又一阵晃着疲惫的钟绳

我的牙齿紧紧地咬着嘴唇

哦，安静，安静，不要把乡村的痛苦吵醒。

——《牙齿紧紧咬着嘴唇……》

1

有了水泥柱，有了篮板，泥操场上就有了半个泥篮球场，虽然篮板有点歪，可已经很不错了。泥篮球场有很多弊端，尤其是不能下雨，如果下了雨就麻烦了，想要打篮球，必须等太阳出来将球场晒干。不下雨的冬天也麻烦，一旦打球，灰尘会一阵一阵地腾起，一场球打下来，老师和学生们都成了泥灰做的人。打球最好的时节是在春雨过后，油菜花盛开的时候，天气晴朗，油菜花的光芒将我们都映射得容光焕发。打球的老师们像一只只大蜜蜂，学生们则像一只只小蜜蜂，油菜花的光芒和芳香都躲在我们额头上的汗球里。有时候，胶皮篮球会故意地飞出去，飞到油菜花丛中。学生们抢着到油菜花丛中去捡，谁捡回来，谁就会成为一个金子做的人——油菜花的花粉让谁都会成为一个金子做的人。有一次，胶皮篮球刚落到油菜花丛中，有两只野兔子就跑了出来，这可不是一般的野兔子，而是两只金兔子！油菜花粉染成的金兔子。学生们都没有追赶，目送着金兔子又蹿进了油菜花丛中。

2

操场上有一个学骑自行车的黑脸少年，他得意地围着操场绕着圈，使劲地按着车铃，丁零丁零丁零（操场上觅食的一群鸡都被吓得飞了起来。鸡飞起来时像一只笨重的大鸟，飞得既不高，也不远，不知道它们有没有想起远古时，它们在森林中飞翔的姿势）。那个骑自行车的少年在操场上骑了很多圈，越骑越快，他尝试着用一只手扶车把，后来又尝试不用手扶车把，多悬啊！但他无疑很快乐，总是得意地笑着，昂着头环视，估计他在寻找操场上有没有观众。不久，他就重重地摔了一跤，很久也没有爬起来。我以为他摔伤了，可就在我担心的时候，他迅速地爬了起来，扶起自行车，校正车龙头，又用力揿了揿车铃，铃声依旧很清脆。

3

那是上个暑假的事了。中午，我突然被一阵清脆的钟声惊醒——好像成了条件反射。我隔窗望去，一个少年正在偷偷地打钟，他努力地踮起脚尖，一下，当；又一下，当当当。钟声悠扬，清脆，一下子穿透了暑期的郁闷，使我心中的某些事物渐渐变得清晰起来。他敲了一会儿，不知道为什么，后来他就敲得急促起来，当当当，当当当当——之后，他就松开钟绳，飞快地溜走了，还差一点摔了个跟头，像一只从夏日草丛中窜出来的兔子，兴许他害怕了。我不禁笑了，我也有了一个想在清旷的校园里敲钟的愿望。

4

教室不远处的豌豆花开了，像无数只眼睛不停地眨。我总是觉得有人在教室外调皮地看着我呢，这样想着，心就有点乱。我的眼睛也在不停地眨啊眨，教室里静悄悄的，我在黑板上布置下今天的作文题目：《眨眼睛的豌豆花》。学生们的眼睛眨得更调皮了，教室里像是也有无数只眨眼睛的豌豆花开放着。我越过豌豆花丛，看到不远处的麦子熟了，阳光下的麦田有一种喜剧开幕的味道。我静静地等着学生把作文写完。学生们飞快地写着，我听见了蚕宝宝的声音。临近下课，学生们把作文本（很多是卷了角的）一本又一本交了上来，我仔细抚平作文本上的那些卷角，像是在抚平我内心的疲倦。这是5月上午乡村学校的时光，淡淡的豌豆花香早就击穿了我忧虑的目光。

5

一个初夏的正午，我独自穿越长满青草的操场，一群散步的麻雀——准确地说，不是在散步，而是在“蹦迪”的麻雀被我惊得一哄而起。这群可爱的小眼睛的麻雀，虽然丑而小，可很难驯养，就这点，我很喜欢它们。忽然，有一个童音在喊我的名字。我一听，我的脸一下子发烫了。我知道这是一个学生在喊我的名字，平时他们都很尊敬我的，现在却躲在操场一角的树丛里喊我的名字。我当时很想抓住他们，但我还是大声答应了：“哎——”奇怪的是，我只答应了一声，树丛那边就没有一丝声音了，他们也许没有想到，他们正等着我发火呢。

6

我在黑板上出了一个题目，填空：“（　）雀”。一个男生举了手：“麻雀。”另一位说：“黄雀”。还有人说“云雀”“山雀”。我们班上那位从未举过手的学生也举起了手。我喊起了他，他停了一会儿说：“喜鹊。”“哈——”同学们都笑了，那位学生难过地低下了头。突然，门外的梧桐树上的喜鹊在大声地叫，肯定有许多喜鹊飞来了。果然不错，喜鹊正准备在梧桐树上筑巢呢。

7

耳朵上戴着一只金耳环的男孩没有抬头看黑板，他把两只蚂蚁放在了一只瓶盖里，他用心地看着，两只蚂蚁总想沿着螺旋纹爬出去，它们的努力其实是徒劳的——男孩的手总是暴力地把它们重新推到瓶盖中。整整半节课，他就这么做着这个小动作。乐此不疲。待我走到他身边时，他仍在侍候着这两只蚂蚁。下了课，我叫他到办公室，他说，他想让两只蚂蚁打架，可是一堂课了，它们还是没有打架。“你这个失败的指挥家，写字经常丢笔画，连字都指挥不了，怎么能指挥这两只蚂蚁呢？”我拿起瓶盖对他说。可是不知道什么时候，两只蚂蚁已悄悄溜走了。

8

那时候的乡村学校没有围墙，充当围墙的都是些土树，比如苦楝、梧桐或刺槐等，原来都很小，后来它们都像那些毕业出去的乡村孩子，不经意间，都长大了。春天的时候，苦楝开红花，梧桐开紫花，刺槐开淡青色的花，花香呵护的校园使得我们的学校像平原上朴素而宁静的村庄。真的就像一座小村庄呢。那些鸟儿，它们当仁不让地成了乡村小学的旁听生和借读生。清晨也上早读课，不过纪律不太好。每天晚上学生们都放学了，它们就成了住校生。叽叽叽叽地上晚自习，久久也不能安静下来。有时候也会闯进教室里来，从南边的窗户进来，又从北面的窗户飞出去。每天清晨，勤奋的值日生会扫到很多从树上摔下去的叶子，扫完之后，一条光滑而干净的土路就露了出来。许多鸟粪的痕迹也露了出来，淡白、淡灰、淡青色的鸟粪的痕迹就画在地上了，就像孩子们用粉笔头在地上画的粉笔画。那些不讲卫生不守纪律的鸟儿也是很聪明的，待下课的钟声一响，它们会从树枝上识趣地飞到教室的屋顶上，看着我的学生们像鸟一样在树影中蹿或者飞。

9

每年五六月份，农村大忙，学校也要大忙了——我一直想赞美，是谁造出了“大忙”这个词？这时候蜻蜓就多了起来，它们一架一架地在操场上飞行，飞得那么慢，好像是在故意逗人似的。我看见了一位捉蜻蜓的少年，他在用手中的书本拍打蜻蜓，那是一只透明的玉蜻蜓，少年张开双臂，手中的书本也张开了翅膀，远远看去，少年也像一只玉蜻蜓。他们都在飞，我看了半天，他们谁也没有捉住谁。远处不时传来几声羊羔的叫声，它们是不是在呼唤自己的妈妈？

10

学校没有围墙，乡亲们的鸡鸭鹅也就能够毫不客气地进校。前几天，是一只红翎雄鸡跳到三班的窗台上引吭高歌，直引得刚刚安静下来的少年们也喔喔直叫，一堂好端端的自习课就这样被破坏了。昨天又换了一角色，一头浑身是泥的猪闯进了办公室的大门，还“嗯嗯”地对正在办公的老师们发表意见。今天就更不像话了，有两只白鹅在教室门口一唱一和，教室里正在上英语课，更奇妙的是，老师教一句英语，学生们读一遍，鹅也跟着叫一声。开始的时候，学生们还忍住不笑，再后来，还是忍不住笑了。在一阵哄笑声中，那对白鹅还用一个响亮的“嘎哦——”给这节课做了一个滑稽的总结。这些禽畜的骚扰使我们校长下决心要砌围墙。没想到的是，砌了围墙还要砌一个大门，围墙是砌好了，大门却没有经费了。学校的围墙像一个刚换牙的少年的傻笑，那些有经验的禽畜依旧不时闯进学校来，还会像乡干部一样“莅临指导”。

11

上午十点钟，乡村学校很静，远处的布谷鸟在叫着：“割麦插禾——割麦插禾——”大忙季节到了，乡亲们正在大地上抛洒汗水。我们中的有些民办教师也请假回去了，他们具有双重身份，此刻他们一定在麦田中，阳光会把他们流满汗水的额头照得晶亮。我注意到五（1）班的教室外有一个茫然的男孩站着，也许他犯了错误，也许他正在等待着什么。我注视着，他黑黑的眼睛里有泪水在滴落着，这个流泪的男孩，一定想起了远方的麦田，麦田中流汗的父母。

12

农村学校的教师，在校园里养些鸡鸭鹅都是常事，但它们常常遭到不幸。一是由于少年的恶作剧，他们最常用的方法是扭断它们的脖子，可怜的鸡鸭鹅是经不住他们扭脖子的。有时候，老师刚刚批评过的少年，下了课又兴奋起来了，他还对着老师坏笑——说不定他刚刚就做了这样的坏事。二是学校制度不允许，我们的校长不允许养鸡鸭鹅，校长还说，如果让他看见了——格杀勿论。结果有一次，我们校长就这样误杀了乡亲养的一群鸭子，一共有十只。杀掉的鸭子让老师们打了牙祭，可校长却不得不掏自己的工资补上，六百元还不够，那个乡亲说，这些都是生蛋鸭，刚刚生蛋，前景可观，由于他曾经是校长的学生，念及师恩，没有多要钱。校长掏了钱之后心疼不已，对我们说“难怪啊，杀鸭子那么积极，原来你们早就晓得了”。校园里没有了鸡鸭鹅，操场上的草就越长越疯了。

13

教室外经常会有一些老爷爷或者老奶奶在东张西望，他们花白的头探进窗子的时候，总是把我吓一跳。他们是在寻找自己的宝贝孙子（在农村，重男轻女的现象还是存在的）。大部分老爷爷老奶奶只看一眼，就笑眯眯地走了，而被看的学生总是涨红了脸。有一次，有个老爷爷不但把教室门推开（那时教室里一下子静了），而且还张口就喊："毛头，毛头。"学生们一下子哄笑开了，可就是没有人站起来。老爷爷还站在门口，面对那些哄笑的孩子他非常慌张。教室里已经乱了，毛头还没有出来，我只好说："谁是毛头？请出来。"学生们笑得更厉害了。终于，有个大头男生在一片哄笑声中忸怩地站了出来，脸红得像红纸，他几乎是冲出教室门的，在冲出门的时候，还不忘拉走他的爷爷，不是拉，应该是拽。毛头怎么可以这样对待他的爷爷？毛头的风波浪费了我这节课十分钟。真正浪费的时间还不止十分钟，孩子们的心像野马，跑得快，收得慢。其实真正受到影响的是大头男生，那个大头男生就这么叫毛头了。男生叫，女生也这么叫。毛头。毛头。从那以后，毛头的爷爷再也没有来学校找过他的宝贝孙子。

14

校园的不远处，麦子的金黄色把我们的教室照得越来越明亮。要放忙假了。放忙假是农村学校的一个惯例，既让教师们回到自己的地里抢收庄稼，也让孩子们在农忙季节里帮一下父母的忙。放忙假的那天中午，我看见我的学生们都走到金色的麦田中，当麦浪的波涛涌上来，我就看不见我的学生们了，我的心也好像掉下去了。我只好踮起脚尖看。一阵麦的波浪涌向天边，我又看到学生们的黑头颅了。我似乎还听见他们的歌声——阳光一般透明的歌声。有些学生还在麦地中快速地跑起来，我感到一排排金色的麦子又向他们俯冲过来，那些金色的麦子都想抓住这些急急回家的孩子，可它们能不能抓住呢？我只一恍惚，那些学生就全不见了，好像一只只麦鸟消失在麦田中，我突然有了一股想在麦田中打滚的冲动。

15

新年联欢会上，班上一位平时很闷的男孩为大家即兴表演了一阵狗叫。“汪，汪，汪……”他叫得太像了，对着我们叫的样子真像是一只狗在叫，大家都笑了，新年就要到了，多好的一阵“狗叫”啊。进入新年以后，学生们不再叫他的名字了，遇见了他，都在汪汪地叫。这真是大狗汪汪地叫，小狗也汪汪地叫。这群快乐的孩子啊，他们的头发很黑，他们的嘴唇很红，他们的牙齿很白，他们的身上发出了类似青苹果的味道。在课间，秘密地听他们在汪汪地叫着，我觉得很幸福。

16

乡村生活其实是很寂寞的，所以快乐来了，就像节日一样。每年乡里的文艺会演就是我们的节日。不过校长还是有要求的，最好能拿锦旗，拿不到锦旗也要拿奖状。锦旗是团体奖，我们几乎没有指望，所以就指望上了奖状，也就是所谓的单项奖。这样的比赛思路就把孩子们的灵感激活了。每年都有令人叫绝的创意。有一年，三（1）班的学生排了一个节目，叫作《绣金匾》。舞蹈的动作是一个女孩子在不停地刺绣，刺绣需要绣匾，可是哪来的一只绣匾呢？谁也没有想到，等到会演的时候，三（1）班的女生找到了绣匾，她手持着一只怒放的向日葵做绣匾，金灿灿的向日葵匾把大家的眼睛都晃花了。已经灌浆的向日葵匾是很重的，女生脸上都沁出了汗珠。向日葵的花瓣落了整整一地，像一团金色的句号。

17

我最喜欢的时刻是在下午放学的一刹那。这些幼兽迫不及待地从教室里杀将出来——尤其在冬天寒风凛冽的黄昏里—— 一股只有孩子才有的混杂着纯正泥腥味与汗腥味的气流包裹了我，我就觉得自己是这世上最幸福的人。我也曾有过孩子式的体香，树汁般的清香，后来就丢失了，只剩下一些烟味和汗臭味。我喜爱闻这童年的体香，是为了向少年们学习——我每天饮下这露珠一样的童年体香，这是乡村寂寞时光酿成的美酒。

18

不同的季节，学生们会吹很多哨子。柳叶绿了，吹柳叶哨；麦秸黄了，吹麦秸哨；草长高了，吹草叶哨；苇叶宽了，吹苇叶哨；野麦结荚了，吹野麦哨……哨声很响，有点像燕子，像黄雀，像叫天子，或者什么也不像，反正他们吹的都是少年的心事。我最喜欢听的是泥哨。在所有的哨声中，泥哨声最动听、嘹亮。谁能想到泥土也会发出声音呢？可是学生们还是做出了泥哨——泥哨的声音就像高空中的苍鹰在啸——在上学前，放学后，我常听见泥哨悠扬，把我的心吹得像一只风筝似的，在这寂寞而又有无限趣味的乡村上空飞过。

19

一位老师回家割稻，我代他的课，我把一道题目讲得很细，同学们都说听懂了。为了检查教学的成果，我叫起了一位学生，这位学生答对了。我又叫起了一位长着招风耳的少年，他很像童年的我。可是我没有想到的是，他竟然沉默不语，我又耐心地讲了一遍，再让他答，但是他还是沉默。我的火气一下子上来了，说："下课去办公室。"这个少年听到了，泪虫子就爬满了脸颊。有位学生小声地说，他结巴。我一下子明白了他沉默的原因。我说："那你上黑板写吧。"这少年就拿着粉笔上黑板写了。他有点紧张，第一笔可能写错了，也有可能写得不好，他迅速用自己的巴掌擦去，再后来，他写得流畅了。少年的字写得很漂亮，使得我写在一边的字那么不合时宜——我擦去了，并建议大家给他鼓掌。在掌声中，这位少年哭得更厉害了，竟伏在课桌上，哭开了。

20

一般说来，下课了，男生比女生更会引人注目，而那一天不同，八个跳大绳的女生绝对成了操场上的主角。原来女生都是跳小绳的，跳得快的女生很快，只见她的脚动，而看不见她手中的绳子。有正跳的，也有反跳的，还有 8 字花样跳的。最绝的是跳一下绳子能过两圈。可能她们不满意跳小绳了。她们跳的大绳是一根长长的绳子，两人用力抡，其余人跳，一人一人地往上加，加的同时还在跳。往上加的人要胆大心细，否则绳就会碰痛脸，而且一起跳的人步调要一致，难度很大。八个女生跳大绳——红褂子绿褂子齐耳短发或朝天椒的女生啊，跳得那么步调一致，像八朵鲜花同时开放。围观的女生和跳大绳的女生一起喊："一、二、三……"从这以后，我再也没有见过那么多女生一起跳大绳。每当我想起这件事，我的脑海里总是有八个女生在跳大绳，而我也在不由自主地帮她们数："……九十六、九十七、九十八、九十九……"她们有没有跳到一百个呢？我怎么也想不起来了，我想她们是能够跳过一百大关的，我都想和她们一起气喘吁吁又无比兴奋地喊道——"一百"！

21

学校边的野塘都封冻了，天太冷了。天越冷，那些男生在向阳的墙上挤暖和就挤得越厉害，从男生们的种种表现可以得出一个结论，野塘里的冰越冻越厚了。后来野塘上面终于可以走人了。我在班上宣布过，谁也不许到野塘上跑冰。但还是有学生（都是男生）悄悄地跑到冰上面溜冰。有一个少年居然还用脚来跺，据学生讲，他一边跺还一边喊"嗨嗨嗨"，像是练功，足足跺了二十多下，终于，一只脚掉进了他自己在冰上跺出的一个窟窿里。我来到教室时，他正躲在后面的位置上瑟瑟发抖。我用我的鞋给他换上，并把他的鞋拿到办公室去烤。烘烤了一堂课，才烤好了。而当我来到教室里时，这个少年居然穿着我的大鞋在快速地跑呢，瞧他那种疯狂的无所顾忌的样子，我真怀疑刚才掉下野塘的不是他，而是另外一个少年。

22

学生们很喜欢捡土坷垃到校东边的河边打擦片，一块又一块擦片，在水面上弹跳着飞行，弹起一只又一只水圈。我的学生中最会打擦片的是一位女生，她能够用一块擦片擦出十个水圈，而我，最多只能擦四个水圈。到了冬天，河面冰封了，这时候打擦片就更有意思了，擦片会在冰面上飞行，像一辆子弹车在冰面上高速地开。有的“子弹车”直接能飞到河对岸。当上课铃响的时候，冰面上布满了土坷垃的擦片，看上去，整个河面就像一盘没有下完的棋。

23

乡村学校体育器材少，开始时学校仅有一台水泥砌的简易乒乓球桌，水泥桌面已裂了许多缝隙，但那可是孩子们的乐园。一般说来，高年级的孩子一下课，就会占据这一张唯一的乒乓球桌，而且还会用光板子球拍打球。低年级的学生就没有这么幸福了。不过，眼馋心馋的低年级的学生们总能够想到办法。有一次，我看见两个低年级的学生各持了半截砖头，在领操台边打乒乓球，砖砌的领操台上画了一道白线，橘黄色的乒乓球在两截半砖之间飞来飞去，像一只黄雀在飞。半截砖头还是很沉的，乒乓球也总是不时地滚到草丛中去。那满头是汗的孩子弯腰捡乒乓球的样子，真像是在草丛中努力寻找着鸟蛋。

24

那几天，靠近学校的一乡亲家的猪得了奇怪的病，每当下午放学期间，他们家的猪就不停地嚎叫，且不停地蹦跳，声音惨烈。这乡亲还说，去年养的羊也是这个时候犯病的，肯定与我们学校有关。我决定在放学时去看一看，结果我去的那个下午猪没犯病，这肯定与我们学校有关了。我在第二天做了埋伏，终于找到了原因，无数颗苦楝果像雨点一样射向猪——是弹弓！我小时候也玩过这样的游戏，苦楝果打在猪身上是没有伤痕的，但很疼……原来是这样。不费多大力气，我抓住了打弹弓的几个学生，当即做了处分决定，他们必须给这头猪打一个星期的猪草，且罚没弹弓。这些调皮的学生从那天起，放学后再也不是去捡苦楝果了，而是要去寻猪草。我可以想象他们脸上沮丧的神情。

25

学生们开始踢毽子了。我们班有一个少年，他有一只漂亮的鸡毛毽子，鸡毛鲜艳油亮，而且包了一枚顺治铜钱，更绝的是他能跳出许多花样：踢、剪、捧、贴、停、环、播、投……让人看得眼花缭乱，结果由于他，少年们迷上了踢毽子。不出几天，很多少年都拥有了一只精美的鸡毛毽子，但少年们闯下的祸随之就冒出来了。有很多农村主妇来我们这儿告状，有人还抱着一只脖子已经光了的公鸡。我们校长说得好，怕什么，公鸡又不生蛋，正好杀了“碰头吃”。事实上养公鸡不是为了杀了吃的，养公鸡是用来报时的，头鸡叫了，二鸡叫了，是晨钟。最后，校长只好答应由他来敲学校的钟替公鸡们报晓。校长在主妇们走后开了教师会，在会上，校长说：“谁叫你们教了一群不打啼只闯祸的小公鸡呢？”校长在说这句话的时候，我看到窗外的少年正在踢毽子，踢、剪、捧、贴、停、环、播、投……五彩缤纷的毽子像无数只彩色的鸟在少年们中间轻盈地飞。

26

学生们不闯祸是不可能的，关键是你是否有想象力，能想象得出他们闯祸的名堂来，但他们闯的祸你想都想不到。比如9月份新学期刚开始，我宣布让学生们各自回家，带上铲锹，把暑期里疯长了两个月的草铲去。后来，草是铲光了，却铲出了一件意想不到的祸事来。一个少年放学回家的时候，当然他还带着那把小铲锹，路上，在路边吃草的牛用尾巴无意地打了他一下，被牛尾巴打疼的少年就把牛的尾巴给铲掉了。第二天，牛的主人就把没有尾巴的牛赶到了我们的学校里。他有充分的理由，不是那些小公鸡干的，难道是鬼干的？后来调查出来了，我带他去找少年的家长，两人一见面，一叙，真是“一表三千里”，两人原来是表亲，就回家谈好了，不再关学校什么事。只是那头不服气的牛在学校门口屙了一摊牛屎，面对这摊热气腾腾的牛屎，我有点沮丧。校长说，好啊，晒干的牛屎可以做炭火，冬天用来烤火，多美的事，想都想不来呢。

27

这个小个子学生身上很脏，好像是用泥和灰捏成的，头发永远是桀骜不驯的样子。学生们都叫他“鼻涕虎”，我把他叫作“野兔”，因为他在作文中写过野兔，他说他最喜欢看野兔过河，野兔在水面上哗啦啦地就窜过了河，像一支箭。我没有见过野兔过河，也没有听说过，但我相信这是真的，而且是他亲眼看到的。他父亲是个聋木匠，母亲是个瘫子。他很聪明，什么课一听就懂。这只“野兔”还善于奔跑，跑得真像兔子一样快，这可能与他家里的事太多有关。他家里总有做不完的事。再后来他母亲去世了，“野兔”的父亲就准备带他去远方做木匠活。当他把这个消息告诉我时，我的心往下一沉，我问，你愿意吗？他看看我，低下头，用脚上的一双略显大的旧皮鞋搓着地面，一下，又一下，又抬起头，看看我，让我不知道说什么好。我曾去他家与他的聋父亲说，当然是连比画带吼叫，好不容易把话说清楚了，而聋木匠非常固执，他依然把我的“野兔”带走了。在“野兔”走后的几个月里，我经常在课上渴望着，一个长有亮眼睛的“野兔”，真的像野兔一样，在上课前一分钟，带着一阵风，冲进我的教室里来。

28

有一次，好像是大风吹来——大风吹来了整整一操场的蜻蜓！蜻蜓的翅膀闪烁不已。我还没进入教室，教室里就传来了一股浓烈的汗腥味。那时上课板书，回一次头来，教室里就会多几只蜻蜓；再回一次头，又多了几只蜻蜓……好在蜻蜓飞的时候不叫，而且它们大多都不能再飞了，只飞了一会儿便停在某处不动了。我知道，面对这些调皮的孩子，沉默比批评更能浇灭他们的野性子，否则，少年的野性会火上浇油，愈烧愈旺。孩子们最不受季节控制的玩法是叠纸飞机。课余我会在办公室里看到一架又一架纸飞机飞行，连我们教室的屋顶上都有很多遇难的纸飞机。有一次上课，我刚转过身去，一架纸飞机就撞上了我的后背，然后就坠在我的脚下。我没有回身，继续在黑板上写。粉笔沙沙地响——教室里很安静，远处有隔断鸟在叫，“隔断——”“隔断——”我的愤怒镇住了很多学生。一个少年终于怯生生地站起来了。这就是刚才那架纸飞机的飞行员——我俯身捡起那架纸飞机，用力一掷，不偏不倚，正好飞到那少年的桌上，那少年抓住那纸飞机——双手一直在颤抖。这堂课后来纪律很好。下了课，我发现很多少年都在操场上学习我掷飞机的姿势。向上，七十五度，纸飞机款款地飞。刹那间，操场上已是一座繁荣的航空港。

29

又停电了，校园里一片黑暗，其实晚自习经常停电，在乡下停电是常事。恰巧校园里老掉牙的发电机也坏了，所以我就在黑暗中继续上课。我的学生们看不到我，我也看不到我的学生们，但是我觉得学生们明亮的眼睛像星星，我在面对着明亮的星座们上课，顿时我的声音在黑暗中有了一种玉质。后来，电来了，灯光炸开，学生们的头发变得像墨一样黑，就像是春雨过后的田野。

30

我每次接班，班上总是有这么一个到两个小个子的男生，个子总是这么高。不长。我只好把他们排在前面。别看他们个子矮，可都是调皮大王。比如现在我们班上一个小个子男生，他曾因偷吃人家打了农药的桃子而中了毒呢。他这么调皮，还挑三拣四的，不肯与女生坐。不过我命令他跟女生坐，他只好屈服了，没想到却闹出了许多事情来。今天，他弄出了一个鼻涕虫事件——他把鼻涕虫放到一只瓶子里带到自己的位置上，还拧开了瓶盖……恶心得要命，可他还说："我在做试验，我在做试验，我长大以后要做科学家！"我问他做什么试验呢，他又在口袋里找到了一包盐，撒在了鼻涕虫上，鼻涕虫蠕动着，一会儿就化成一摊黏液了。真有他的，我找到了对付我宿舍里的鼻涕虫的办法了。

31

男生就像小麦，女生就像油菜。初春里，油菜率先抽薹开花，因此她们的个子要比小麦高出一大截。而到了暮春，小麦个子就飞快地赶上来了，还超过了油菜的个头。往往低年级排位置是男生在前，女生在后。中年级则是男女混坐。到了高年级，男生的个子猛蹿，他们就坐到教室后面去了。

32

跟乡亲们混熟了，就能大体知道他们各自的脾气，有榆树脾气的，也有山芋脾气的。有个急脾气的乡亲很有意思，第一天才跟我说要多给他的儿子补补课，第二天就来学校问我他的儿子考了多少分。每次测试后都会出现这种情况，次日清晨他保准出现在学校门口，眼神巴巴地问他儿子的分数，这又不是长蘑菇——一场雨一下，那些耳朵样的蘑菇就会探头探脑地出来了。急脾气的老子养出来的可不一定是急脾气的儿子，偏偏他的儿子是个慢脾气。一次课堂作业，别人很快就做好了，可他偏不着急，下课铃要响了，他还不紧不慢地在橡皮上画像，画完了，又擦掉重画。这样的习惯使他每次考试总不能在规定的时间里把试卷做完。不过，他的字倒很端正，一笔一画的。但试卷空白的部分我不能打分啊，况且试卷后面的分数会更高。有时候我会拿着试卷批评他，苦口婆心地说了半天，他好像才从梦里醒过来，怔怔地看着我，好像我是一个怪物似的。这样的慢脾气对着他父亲那样的急脾气，办法只有打，可他一点也不怕打，不求饶，只是不停地哭，哭得也很怪，能哭上半天也不停，好像在和他父亲犟，看谁能犟得过谁。这样的结果使得他的父亲会反过来劝他，不哭了，不要再淌麻油了。可他还是哭，声音还是那样，像在拉二胡，慢慢的，悠悠的，已全没有伤心委屈的味道了。校长知道了，说让他管一管。校长做工作的耐心也是有名的，可是他的工作做下来，那个学生好像没有改掉什么，反而我们的校长成了一只红气球，要不是我上前拉住，他真的像红气球飞到校园上空去了。他气喘吁吁地说，什么叫三拳打不出闷屁？他就是，他十拳也打不出一个闷屁！有一天，少年走过我的身边，走路就像一阵风似的，刮过我的身边时，我还没有反应过来，他已经走远了。我想叫都叫不住他，这是他吗？不太像。可的确是他。后来听说，他父亲已经跟着打工潮去了城市，家里就剩下他母亲和他了。

33

这是一个总在下午第一节课打瞌睡的老实少年。他个子不高，坐在前面。上我们班下午第一节课的老师看到他打瞌睡心就烦，就头疼。很多老师都这么向我反映。我只好把他找来，想和他商量一下把他调到教室后面去。“这样可以睡好觉了，省得老师的话吵醒你。”接着我又问，“把你调到后面去，好不好？”他抬起头，啊的一声，好像刚醒过来似的。后来，他就哭了，哭得很伤心。原来，他父亲的腿伤了，浇芋头的事情就落在他的身上。芋头这东西怕旱，又怕涝。所以他每天都得在午后去给芋头浇水，给那些长着招风耳的芋头浇水。我有时有事去校外，也会遇见他在给他自家垛上的芋头浇水。他浇水的勺柄很长，他把长长的勺柄倚在腿上，然后再用力，水扬了起来，飞到长着招风耳的芋头叶上，芋头叶躲了一下，水就浇到了芋头根上。应该说浇芋头是很吃力的一件事，但他做得还是很快的。中午吃了力，下午第一节课时他就困了。到底还是少年啊。有一天，轮到我上下午第一节课，对他我心里已有了准备，让他打瞌睡去吧。我尽量不朝他坐的方向去看。可我还是去看了，他没有打瞌睡，头昂得高高的，一双眼睛晶亮晶亮，眼神还不停地追着我。下了课，他还找到我，叫我："先生，先生，芋头开花了！"我以为他在唱什么歌呢，他又说了一遍。我才明白过来，我父亲曾跟我说过芋头开花的事，但我没有见过。他急了："先生，芋头开花了，骗你是小狗！"我就跟着他去了，他浇的芋头真的有一株开花了，从叶柄中间抽出来一朵花，浅绿色的，像马蹄莲一样。这个学生站在我身边，我又回过头来看了看他，他真的像换了一个人似的。一个孩子就这么长大了。不管你信不信，如果不是我亲眼所见我也不信，连最老实的芋头也学会了开花。

34

排位置的时候，男生多出了一个，女生也多出了一个。两个人个子也差不多高，只有把他们排在一起坐了。男生和女生都不情愿。我做了工作，女生同意了，男生却不愿意，最后在我的"威胁利诱"下，他极不情愿地和女生坐在了一起。后来，我观察了一下，原来这个男生是怕那个女生的，他甚至打不过那个女生。可就是他，昨天居然弄出了咬人的事情——他打不过同桌的女生，居然咬了那女生一口——把那女生的胳膊咬出了一口紫斑。我这次不客气，要求那女生也咬他一口。女生没有咬他，但他觉得自己的面子丢尽了。跑到办公室，很不平。有委屈。但证据很明显的啊。最后，他找到我，希望我给他调位置，调到教室后面去。我说："看不见黑板怎么办？"他说："看不见，不怪先生。"他甚至说："看不见，我垫着砖头看。"我严肃地批评了他，如果再这样下去，只能留级了。留级对于一个学生来说可不是光荣的事情，他果真服帖多了。谁能想到他会弄一只口琴来呢？他还真会吹口琴。呜呜呜地吹。吹得晃头晃脑的。有一次我走到他面前，他居然吹了一支《东方红》。吹得还不错。这次我表扬了他，还向校长报了一个后进生转化的先进事例。校长果真就在大会上表扬了他。我在我们班指定的场地上找到了他，他很激动，其他学生一点不激动，有点不屑。事情还是出在这只口琴上。先是他的同座过来告了状，说他总是用口琴骂她。我有点不明白，口琴怎么骂人呢？她说不清楚，非说他骂了她。我只好找了他，他说："我没有骂她，我在学音乐。"真是振振有词。后来这个女生又找了我。我还是不相信。那个女生说："先生，不信你躲在教室外面，我进教室他就吹。他用口琴骂人。"我后来就在教室外面，听到了这个小个子男生用口琴怎么"骂"这个女生了，他是用口琴喊这个女生的名字："肖月桂！肖——月——桂！"发声像得要命，他还追着那个女生吹！我还可以想象出这个男生肯定用口琴吹了班上很多学生的名字，他肯定还吹了我的名字。他吹我名字时脸上那份得意劲是完全可以想象得出来的。对于这种事，最好不管，你越管，他就越乐。很快的，这个男生发育期到了，长高了，长瘦了，他坐在前排不合适了，我把他调到了中间的位置上。我想再不用多长时间，他又要向后排了，就像他的爱好，早就不吹口琴，而转向爱拳击，下了课就弓着身子，前后移动脚步，与另一个男生模仿着勾拳的姿势，还虎视眈眈地看着对方。

35

那些猴子一样的学生或许不能给他们民主管理的笑脸。"给个脸就爬上天"，这是老教师说的，这句话不幸言中了。开始班上的一些小事情我真的没有将其"扼杀在萌芽状态中"，结果"越纵容越茁壮成长"，终于发生了我的一群学生星期天下午闯进乡卫生院偷手术刀的事。他们是集体去的，当然也就被集体抓住了。"你的学生丢了你的脸，你们班丢了我的脸，丢了学校的脸。"——校长把这些学生领回来时，就和我说了上述的话。校长还说要"整顿"，要"严打"，要"重振雄风"。我回到办公室，老教师们都幸灾乐祸地看着我，其中有个老教师说："还民主呢，你不要把他们当人，他们这群小马驹要训要管要上笼头，哪能信马由缰呢。"还有个老教师对我说："听说他们都不叫你老师，而叫你老兄。"这场整顿一直到放学时分，其他班的学生都回去了。开始还有外班的学生趴在窗口边看，看了一会儿他们就回家了。本来我也想让这些可怜样的学生放学，但我不能自下台阶。还是班长站起来求情说："先生，现在农忙，让他们回家烧晚饭吧。"我敲了敲讲台，对他们说："今天暂且就到这儿吧，不过，账还没有算完，先挂在这儿。"（这也是老教师教给我的话）我的话音刚落，我的学生们就立即涌出教室。刚才还可怜样的学生一下子活跃起来，真是不能相信他们。突然，有个学生指着天空喊了起来，先生，先生，看那彩虹！我抬起头，真的有一道彩虹挂在东边的天空上，我已有很长时间看不到彩虹了，彩虹真的很美。学生们跳跃着，彩虹！彩虹！我也看到了彩虹，仿佛这彩虹就是他们的童音喊出来的。

36

我很喜欢上星期天的晚自习，那时，我的每个学生都携带着父母的叮咛而来，最调皮的学生都还没有机会把父母的叮咛丢掉。我看到了许多墨黑的头颅，这些黑头颅就像是一些墨蝌蚪。更重要的是，这些少男少女的身上都发出了香皂的清香，他们回了家都洗了澡的，这些十三四岁的孩子啊。教室很静，偶尔有一阵蛙声传来。又一个星期开始了。我和我的学生们都很有信心。

37

他爸爸一直生病躺在床上，每学期开始时他妈妈都要来学校请求减免学费。每当这时他走路的姿势就很奇怪，生怕踩死地上的蚂蚁似的，走得无声无息。有一次，我看见他跟在他妈妈身后，他妈妈跟在校长身后，校长大步流星地走着，他妈妈只好小步地溜着，而这个少年则像影子一样也追着他妈妈。我想看看他的脸，可他低着头，真不知道他此时在想什么。这个少年拿着校长的批条到我的办公室时也是低着头，他看着自己的脚，努力想掩藏什么。如果仔细看一下，就会发现这个少年脚上的布鞋长出了一双眼（连脚上的大脚指头也探了出去）。后来在冬天，我发现他的棉鞋上也长出了一双眼睛。天晓得他是怎么穿鞋子的。他妈妈曾对我说：“怎么能这样吃鞋子？”我曾观察过这个少年平时的走路姿势，像一只山羊在跳。一蹦，又一蹦。还不停地踢着路上的土坷垃。他妈打他从不打其他地方，只打他的嘴巴，所以我经常看到他脸上的伤痕。为此事我还找他谈了一次话，他向我保证（他保证得很快），说以后一定要好好走路。可屁股一转他又忘记了，他依旧这么蹦，依旧这么踢。他妈妈刚做的新鞋，过不了两天，就能睁开一双眼睛，茫然又无辜的眼睛。我相信他妈妈的话——除非请铁匠给他打一双铁鞋子！铁鞋子肯定是没有的，后来我发现他穿上了一双前面钉皮的布鞋子，他妈妈终于想出了一种办法，给他穿的布鞋前面包上一层皮。说来也怪，他穿上前面钉皮的布鞋反而不踢了，走路变得小心翼翼地，可这只是暂时的，不久他又恢复了原样，依旧像山羊，一蹦一蹦的，遇什么踢什么，他甚至还踢树！有一天，他不穿布鞋而穿一双黄胶鞋了，我很为他高兴。黄胶鞋还有点大，他仍然走得很愉快，嘚嘚地走着，仿佛由山羊变成了一匹马。几天后下课时，我见到他又与一群学生打闹在一起了，一个学生不小心踩了他的脚，只听嗤的一声，他就像被烫似的低下头，脱下黄胶鞋，拎起来，左看看，右看看，实在看不出有什么裂纹，最后他穿好鞋又跺了跺脚，确认无误之后，他才踱回教室，很有点莫名的味道。不过，他的同学和我都看见了他的脚指甲有多长了——也许这才是布鞋上长了一双眼的真正原因。

38

一个没人跟他玩的少年，不是因为他笨，而是他实在太聪明了，动作还很快，他能在捉迷藏时抓到任何一个间谍，所以伙伴们都不愿带他一起捉迷藏。为了加入这一游戏，他向伙伴们发誓不再跑快了，不再跑快了，可是一旦玩起来，他依旧跑得最快，有时他跑走了，人家并不去捉他，或者说不和他玩了，他只好又跑过来，再次发誓。实在没有人玩的时候，他就爬树。有一次，我看到树下有一只破书包，我知道他在树上，可这书包哪能叫书包啊，拉链是坏的，里面的书几乎都没有了封面，张着一张饥饿的嘴巴，说不定它是在喊它的主人快点从树上下来。

39

一个背书的少女在操场上来回走动着，她口中还念念有词。我注意她很久了，因为她的衣服穿得很不协调，大热天的，应该穿上一条裙子，可她却穿着一条黑裤子。我走近了她，她仍然在背书："赤道多雨，两极少雨……"这两句话她不停地重复着。忽然，她发现了我，脸霎地红了，低着头飞快地走了。她是在背地理知识——不知道她为什么背一门乡村学校认为的副课，不知道她有没有把那句话背上。

40

铜钟开始是系在榆树上，钟鼻子上系着的钟绳当然就系在树干上。风一吹，树枝就晃动，春天时还会有榆钱荚纷纷落下来。可是钟、钟鼻子、钟绳都不会听风的指挥，它们都听黑脸总务主任的指挥，而黑脸总务主任又只听长了两只大耳朵的老闹钟指挥，两只大耳朵的老闹钟又只听一只大公鸡指挥，大公鸡在闹钟的玻璃盖后面啄着怎么也啄不完的大米。啄一下，一秒，啄一下，又一秒，仿佛时光全是它啄走的。有一次，我替黑脸总务主任值班，他的总务室里一片幽暗，公鸡啄米的声音显得特别空旷。这样的时光流逝令我惊心动魄，时光是不是这么逃走的？真不知黑脸总务主任每一天都是如何忍得住这公鸡啄米的声音的。后来榆树往上长，钟绳也跟着越来越高。一些个子矮的老师就无法打钟（我们每个教师都会打钟的）。可钟绳系矮了学生就会乱打，有些乡亲也会窜进来打一下。当，当，当。黑脸总务主任就把铜钟移到我们办公室外的走廊上，钟绳系在廊柱上。这样打钟就好多了。当，当，当。钟绳牵动钟鼻子，钟鼻子敲着钟身。钟身震出钟声。当，当，当，当当。我们的耳朵里全是看不见的半圆之弓，箭已射了出去，而那声音的圆圈依旧漾着，当当地响着。

41

我们班上的一个“大学的料子”除了学习之外，他几乎什么都落后，个人卫生差、做事丢三落四。一本新书发下去，不到一星期就卷了角，半个月后就没了封皮，学期还没结束时课本就面目全非了。写作业从来不喜欢用橡皮，就是喜欢用手指作橡皮。看在他经常得满分的分上，我一般还替他另准备一套书，还私下地贴了不少练习簿和白纸什么的。可是，他的新书还是不过三天，就脏得和他人一样，真是没有办法的事。这个“大学的料子”的妈妈神经有点不正常，父亲是个老实人，每次他来学校见他的宝贝儿子时，脸上一直笑着，他说得最多的话是：“不知道这个小东西吃不吃字？”我们不答他，其实他的问是多余的。我到过他家，这个父亲把他儿子历年获得的奖状贴满了墙壁，一进门，就觉得满目生辉，就连有线广播的木盒上也贴了一张。

校长想要到乡里争取校舍维修费，他指示我一定要把这个“大学的料子”照顾好，要准备在乡联赛中考个第一名。过去常常是乡里中心学校拿第一名，有了这个“大学的料子”之后我们就可以争取第一名了。有了第一名，我们校长在乡里话就好说多了。有了校长这个指示，我就开始为他开小灶。他倒也吃得消，什么知识一听就懂，真不愧是个“大学的料子”。在赛前我们还多练了一些模拟题，他也一一做出来了，答题思路很独特。我心里认为他的第一名应该差不多了。我在乡中心学校的同学也认为他能拿第一名。考试时我和他一起做题目，待他出来后对答案，他几乎全对。我告诉校长，校长非常高兴。可结果出来却让人吃惊，他没有得到第一名，弄得校长见到我也不那么热情了，我觉得不可思议，所以我决定去查试卷。试卷好不容易查到后，我发现答案是全对了，可试卷上多了好多窟窿，还涂改了不少地方。这样卷面分扣了十分，这一扣第一名就扣掉了。他犯老毛病了，没有用我给他买的橡皮，而是直接用手指沾了唾沫然后使劲地擦。就这样，他的手指橡皮破坏了校长的如意算盘。

42

离我们学校不远的地方有一块打谷场，秋收过后，打谷场上堆满了金色的草垛。这是一群世界上最懂得珍惜劳动果实的人的杰作，从学校里看去，打谷场上似乎被乡亲们摆满了金色的草帽。孩子们和我不一样，他们把这草垛命名为“山”。开始我听他们说上山去我还不明白，后来才明白，这是孩子的创造力，以及平原上的孩子对于山的渴望。有一次，我看到鲜红的太阳从打谷场上的草垛间升起时，我也觉得这太阳不是从草垛间升起的，而真的是从群山中升起来的，洒满阳光的草垛仿佛是一座金山。在放学后或上学前，我都会看到很多孩子在那儿滑草垛，他们一个个像麻雀一样往草垛上扑，然后攀到草垛之顶，眺望着什么，再然后就尖叫着下滑。孩子们的小屁股带出了外表已灰暗的草垛内心——那内心还是金黄色的，每一根稻草还是簇新的。孩子们滑着，我也总觉得我的内心有一股快乐之蜜在往下淌。单调的乡村生活，对于清澈的孩子来说，它们如一滴水一样并不单调。在课上，我经常发现头发上或衣服上粘满稻草的孩子，这些都是滑草垛的孩子啊，攀登的快乐，下滑的快乐。还有一个孩子，他上黑板板书时，屁股上居然露出一个大洞——他的裤子划破了，那湖蓝的内裤正像一只调皮的眼睛，向着哄笑不已的同学们眨呢。

43

事情出现得很突然。隔壁班上午第四节课是自习课，开始纪律还好，可是到了最后十秒钟，我听见隔壁班的学生一齐在喊倒计时："十、九、八、七……"当他们喊到"零"时，钟声当当当地响了。可以想象出黑脸总务主任用力拽打钟的神情。他有节奏地一拽，一松。当。再一拽，一松。当。黑脸总务主任过去敲钟是很自豪的，钟声不仅是敲给学生们听的，还敲给村上人听，比如第三节课的钟声就能唤醒村里长长短短的炊烟。可这次不，黑脸总务主任肯定听见了那些孩子喊的倒计时，那天下午，我看见他的脸更黑了。是什么原因呢？间接原因是闹钟里的公鸡终于垂下头不动了。再后来，总务主任卖关子似的向我们晃出了手腕上的手表。直接原因是有个学生有一只电子表，这是他亲戚送的。这在当时是很时髦的事。电子表没有时针，没有分针，也没有秒针，只有日子在上面不停地跳，跳得人眼花缭乱。不过这电子表很准，比公鸡啄米的钟准。有一次，我还看见那个拥有电子表的家伙主动找黑脸总务主任校了分秒，这让黑脸总务主任很骄傲，其实他不懂，这正是这些“小公鸡”的诡计。第二天，黑脸总务主任和我就躲在教室外面等那些“小公鸡”喊，果然在第四节课要下的时候，那些“小公鸡”又跟着那个有电子表的学生一起喊：“十、九、八、七……”本来他们以为铃声要响了，可他们一喊到“零”时，外面的钟声未响。“小公鸡”一下子都静了，而后又叽叽喳喳地议论起来。那个戴电子表的学生说：“黑老包的破表要换糖了。”他的话没说完，黑脸总务主任就和我一起走进了教室。而这时，校长拽响了钟绳子，钟绳子拽着钟鼻子，钟鼻子碰着钟身。校长敲的钟比黑脸总务主任敲得更加急促，像一队急行军的钟声，气喘吁吁地跑向了田野深处。

44

有一次，我经过打谷场，看到四下没人，我也学着学生爬上了草垛顶。站在草垛顶上，我看得很远，我看到了陈旧如旧草垛的学校。春天时，树荫曾经遮住我的学校，而现在树叶已落，我的学校静默着，多像那架快塌了板的旧风琴。谁也说不出这只旧风琴的来处，不过它还是很珍贵，别看它已不成样子，但只要孩子们的双手一按，双脚一踩，旧风琴还是可以奏出声音来的，虽然走了调，但每一个音符都像那快乐的孩子，一个个沿着我的内心往下滑，一个个嬉笑着，头发上全部是晶亮的汗珠，欢乐全都簇拥到我心里了。

45

那天中午放学好久了，我忽然听见了远处的尖叫声。尖叫声很凄厉，好像村里那个最不会打儿子的乡亲，总是用竹条惩罚儿子，可还没打到，他儿子就咋呼起了。一个佯打，一个佯叫，像一场闹剧。可这次不太一样，校长率先冲了出去，我们也随后冲了出去，这才听见尖叫声不是出自学校，而是出自田野上。村里也有不少乡亲从家里丢了饭碗，跑了出来。校长这时已经带着我们冲到那风车面前了。风很大，看不清风车上有几个学生，只能听到风车上的尖叫声。那个看风车的老人不停地说：“这些皮王，一眨眼工夫！这些皮王！一眨眼工夫！”我们知道他的意思，但现在怎么办？学生们在尖叫。有人说用镰刀割破布篷，风车就会停下来。可割伤了学生怎么办？有人说用钩子钩住风车，但没有这么大的劲，说不定最后还会连人带钩一起飞出去。一些家长急得哭了起来，一些家长则在骂：“好好，你们叫吧，叫吧。”这么一骂，学生们不叫了，但沉默更令人揪心。我看到校长头上的汗都出来了。他摇着那个看风车的老头，说：“你说说怎么办？你说说怎么办？”那个看风车的老人说：“只有一个办法了，扔草捆！”这倒是一个办法，乡亲们开始到自家草垛上抽草捆，一捆又一捆草扔到了风车下，开始，草捆上的草被风车带了起来，我们面前到处都是飞翔的稻草……最后风车终于跑不动了，我看清了，风车上一共有六个学生，全是男生，六个角，正好六个男生。校长命令他们松手，可他们已经松不了手了，铅丝把他们的手勒得通红。其中有一个家长啪地打了他儿子一个耳光。这个男生没有哭，只是呆呆地看着我们，好久才哭开来。这个男生上学期刚因爬人家脱粒机，而被划破了胯下的宝贝，还送到乡里的卫生院缝了十三针。晚上，村里响起了不少鞭炮声，很多乡亲是在为自己的孩子压惊。我在宿舍里听着，风还是很大，那只破了篷的风车肯定又转起来了，一群水又一群水就这么带了上来。

46

还是麦收季节，我们班自习课上布谷鸟的叫声突然多了起来。奇怪的是，我一走进教室，那些布谷鸟就飞走了，而且飞得一只不剩。我决定搜课桌，课桌下面什么也没有。可是我分明在办公室里听见有许多布谷鸟大声地叫，肯定不止十只。到了放学时分，我听见走出教室的队伍中又有布谷鸟叫起来了。我叫住了他们，让他们张开嘴巴，每个学生的口齿间都有一截金色的麦秸秆——这些叫了一天的金色小鸟。

47

黑狗是班上的一个男生带来的。上学的时候，它跟着他跑过来；放学时，它又跟他走。这个少年还会打呼哨。呼哨长黑狗做一种姿势，呼哨短黑狗做一种姿势。它还在上课前像值日老师一样，用鼻子闻闻每一个来上学的同学的裤腿。有的学生烦他，踹它一脚，它也不恼，退到一边去，见到下一个同学，又是一番亲热。这黑狗的名字叫小三。其他的少年打呼哨这黑狗从来不听，后来干脆也叫这个少年为小三。小三，小三，小三，真不知道，是唤人还是唤狗？有一次，我看到静伏在地的黑狗，就试着叫一声，小三！没想到在教室里写作的那个少年满脸通红地站起来，他还迟疑着走到我面前，弄得我拼命忍住笑。一直等到他走后，我才大声地笑了出来。

48

在我们学校里，很多教师都与村里人有亲戚关系，也因为这，他们治理顽皮学生很有一套。他们能从问这个学生家长的小名绰号入手，直至问到这个学生爷爷的绰号。比如，老教师说："你是二斜瓜的孙子吧。"比如，老教师说："你的老子叫作黑塌头吧。"比如，老教师说："你不要朝我看，我还见到你老子尿尿和泥巴呢。"这种追根溯源的本土教育法似乎很灵。

这对我苦口婆心引经据典的教育法的确是一种嘲讽。有时，我也无奈地利用他们的“修理术”，把调皮的学生送给办公室的老教师去“修理”。我一堂课上回来，那些学生已被修理得服服帖帖的了。看着那些被修理的学生在我面前痛心疾首泪水涟涟的样子，我真有点不相信我的眼睛，要知道，他们中有些人，即使从树上跌下去跌破了头也不会淌眼泪的。

49

乡亲们说话比我们来得更干脆、彻底，一句话就能把意思表达得一清二楚。比如，他们把学生分为两类：吃字和不吃字。他们还说，如果孩子不吃字就得狠狠地“办事”。这“办事”就是指打。他们认为吃字和吃饭一样，不肯扒饭不肯吃字打一下就好了。如果学生的确不吃字，乡亲们并不怪学校，而只会怪自己的孩子，他们说，这不能怪人，只能怪他自己要吃“不吃字的苦”。后来我发现，在师范时所学的教育学一点也用不上。乡亲们的土制分类法非常管用，学生的确可以分为吃字和不吃字的。吃字的学生在上课时眼睛眨都不眨，真的好像要把我们嘴里吐出的话一字不漏地“吃”下去。而不吃字的学生屁股下面好像有钉子，眼睛东张西望，或者干脆就做小动作。考试时更能分清吃字和不吃字的。吃字的学生考试时像蚕儿吐丝，不吃字的学生考试时像抽筋似的。不过，不吃字的学生也不是很笨，他们在劳动和其他方面，要比吃字的学生聪明得多，甚至更优秀些。老教师还说，你别看那些调皮学生，出了校门，毕了业他们就神了，而且还特别有礼貌。实践证明下来，还是我错的多。

50

我正在板书的时候，发现黑板的上方好像坏了，有一个洞——我再一看，原来是一束光斑！开始，那光斑还定着不动，再后来就游动开来，上下晃动。这是一个非常调皮的光斑，还做着鬼脸——对着全班同学！我回过身去，光束消失了。我再次背过身去继续板书，光斑又出现了，还是做着鬼脸。我忍了一会儿再次回过身去，光斑又消失了。这肯定是靠近南窗户的一个家伙干的，同学们都知道是谁干的，只有我不知道，我知道我不能生气，我一生气那个躲在阳光背后的学生就会吃吃地发笑。我决定抓住他，否则这堂课肯定不安稳，我把板书写得很长，那调皮的光斑又出现了，甚至还游动到了我的身上，我也没有吱声，我写得非常定神、自如。后来，我猛然一转身，终于看到了那个制造游动光斑的少年。果然不出我所料。他的手想遮住那束阳光，但已经来不及了，那束阳光还是出卖了他，被出卖的还有他慌乱的手指，以及他拼命低下去的像刺猬一样的头颅。

51

乡下孩子的童年单调而寂寞，但自由，像没有嚼口的小马驹撒腿奔跑在雪地上，每一个季节都会在他们身上留下纪念。可以这么说，只要仔细打量我们班的孩子，他们的脸颊、额头、手背、手臂、肚皮，甚至屁股上都留有纪念的伤疤——伤口的奖章。有的孩子的伤疤就在眼角上，只差一点点，眼睛就要被弄瞎了。不过他们不在乎，好像什么都不记得了，照样追逐，照样顽皮。你看那个总低着头抿着嘴巴的孩子，你千万不要以为他害羞，他曾因和人比赛，从土堆上向下冲而摔断了胳膊，刚刚拆除了绷带，又因追逐跌断了半根门牙，所以他至今不敢大笑。一笑，就可以看到他的"半扇大门被人卸走了"。我们班里还有一个总不肯剃头的孩子，每次剃头他都会被他父亲狠狠地揍上一顿，并不是因为他不讲卫生，他是想用头发遮住耳角的一道伤疤，这伤疤肯定来历不明，就像一枚纪念的奖章。

52

有两个学生居然躲在草垛后面赌博，赌博方式还是够刺激的"划草"。五分钱一"划"。"划草"是村里很流行的一种赌博，很多乡亲农闲时都参与。可我的学生也学会了这个。我气得手都有点抖了，撕了他们的牌，揪住了两个学生的衣领，最后还通知了家长。第二天，我看到这两个学生腿一拐一拐的，看来他们已经被教训过了。之后，我收到了一张纸条，纸条上写道："为什么先生赌博校长不管？"我一看，就知道是那个被打瘸的学生写的，说不定与我搭班的老教师农闲时也参与赌博了。我把那个学生找来谈话，正式地跟他说："先生是先生，你是学生，是学生就得学习。"我想我真有点强词夺理。

后来，我都把这件事给忘记了。有一天，我下班回宿舍，那个曾经向我反映情况的学生站在门口，眼泪快要掉下来了。我问他什么事，他支吾了半天，说："我以后听你的话，你不要告诉他好不好？"我知道他的意思，他只是怕那老教师知道他向我告密。我看着他，点了点头，他如释重负，然后飞也似的跑了，但我的心一下子沉重起来，有什么东西在我心中崩塌开来。

53

那条叫小三的黑狗好长时间没有来了。我还是很喜欢它的，有一次讲下雪，我还即兴说了一句打油诗："黑狗身上白，白狗身上肿"，让学生猜。再后来，我知道了，在打狗的冬季，黑狗小三也被人打吃了，吃完了又悄悄还少年小三家一张狗皮（这是我们这儿的风俗，不能气恼的）。没了这条黑狗做伴的少年小三显得特孤单，不愿多说话，也不与其他少年打闹，他还特别反感别人叫他小三，谁叫他小三他就和谁急，还动手打人，打不过人就张口咬人，真像一条狗似的。我为此还处理过好几次这样打架的事，他的小眼睛骨溜溜地转，头昂着，一脸理直气壮，我真不知道怎么开口说他。

54

学校的西南角有一个杂树林，前年曾有一只野蜂巢挂在树上，后来被戴着一顶旧草帽的校长摘走了。去年校长又摘走了一只大蜂巢。今年由于忙着通过县里的“一无二有”验收（“一无二有”说了多少年，弄到最后说不清什么有什么没有，反正上面这么说，校长也这么说，我们也忙着和他一起搞材料），就把野蜂忘掉了，野蜂巢也忘掉了，待事情发生时，野蜂巢已长得像一口碗那么大了。摘那只野蜂巢的是一个大个子男生，脾气有点嘎，是十足的“劳动委员”的料子，他的劳动委员职务已被我免过好几次了（因为他的嘎事），他后来又央求我又拿表现（最好的表现是替我们往食堂的水缸里挑水），很快他又会复职。摘野蜂巢是他本来想逞英雄，还对围观的同学夸下海口说，这野蜂巢值钱，拿到乡里能卖十块钱呢，等卖了这野蜂巢他请大家吃棒冰。结果棒冰没吃成，他的脸却肿成了一只皮球。我到了他面前，眼睛已经什么也看不见的他依旧嘎里嘎气地说他一点也不疼。更令我又心疼又气恼的是，他手里还持着那只碗口大的野蜂巢。校长也看到了这个面目全非的学生，校长一边咬着牙叹息——好像挨螫的是他，一边夺下野蜂巢，然后划擦一根火柴，野蜂巢一下子成了一个火球，一会儿就成了一撮灰了。校长又要来一碗醋，让我把这野蜂巢的灰与醋和起来，替那个嘎小子涂。我在涂这个学生肿胀的脸时，发现他的脸上除了几条大伤疤还有许多细小的伤疤，这些小伤疤平时看不清楚，现在脸上肿起来了，反而历历在目。不用说，这些小伤疤和那些大伤疤一样，都是他一个个顽皮故事的见证。

55

记得刚刚报到的那一年，村里人大都听说学校分了个有“硬本子”的教师，还只有十八岁，“像个初中生”——这是校长的评语，这消息一下就传出去了，村里有一些人就有意无意地跑到我的办公室找老教师有事——实际上是为了看我。他们看了之后还不放心，当着我的面就说：“怎么这么小，这么矮（我当时高一米六二）？”“怎么镇得住那些猴子？”我们校长很不喜欢听这话，说：“你们懂什么，泥菩萨，肚子里全是烂稻草，而人家小先生肚子里全是墨水，够你们喝上八辈子呢。”校长一发火，那些家长就忙着递烟打招呼。“小老师风波”很快就过去了，老教师那时就奇怪过：“为什么没有人来看小先生了呢？”其实那时大多数乡亲遇到我，也是“先生、先生”的喊。我真的有点不好意思，我认为我是和我的学生们一起长大的。

56

拐腿的孩子总是默默地走着。他走得很慢，但他到校非常早。他走路的动作经常在我的梦里出现，像一个疼痛的名词。我经常在办公室的窗户里注视着他，在教室里我也注视着他，他的眼睛又黑又深，我有点看不清。有一次，在联欢会上，我请这个拐腿的孩子表演一个节目，他红着脸拒绝了。再后来开联欢会，他就默默地躲开，我以为我伤了他的心，就决定开一次班会。在班会课上，我请同学们说出自己最崇拜的人。我没有想到，这个拐腿的孩子最崇拜的人是“骑自行车的人”。最崇拜的人是写在纸上的，主持的班长把这句话读了出来，大家都笑了，后来大家就静下来了。

我们是把一根扁担绑在自行车后面教他学骑自行车的，终于，他学会了骑自行车，他骑得很快，有点像怒飞的雄鹰。

57

我在宿舍门口捧着一本书看，有一个高年级的学生总是在那里逛来逛去。只要我抬头看他，他就不见了。再后来我又发现了他好几次，我叫住了他，他后来就站住了，他吞吞吐吐地说想请教我一个字。我说："什么字？"他就拿出了写有我貌似认识却不认识的"劢"字，字写得很好看，有棱有角，我问他是谁写的？他点了点头，又摇了摇头。我的确不认识。看到这个学生脸上一闪而过的得意，我终于想起了那个老教师的话，我脸上有点烫，真的，这个字我也不认识，待我和老教师商量后再告诉你。我以为他会走，没想到他却说："叫'迈'，豪迈的迈。"说完他就像老鼠一样蹿走了。后来，有个老教师就问我："听说你连个'劢'字都不认识，是吧？"我不知道怎么回答，消息怎么这么快？可事实就是这样，我一开始就出了个大洋相。这个老教师说："你等着，他还来问你'鬯'字，这个字念'畅'。那个'老酸菜'就这几个字。"我问为什么，那个老教师笑而不答。可到了第二天，那个高年级的同学真的又递给了我一个字，还是那个熟悉的字体，果真是"鬯"字。我念出了这个字，他很失望，无精打采地走了。第二天，一上班，老教师就问我："他有没有问你字？"我点点头。那个老教师说："果真是'老酸菜'，认了几个字，总喜欢用生僻字考人。"我在一次家访时见到了这个"老酸菜"，这是一个落魄的乡村知识分子，眼睛眯着，不屑一顾的样子，我见到他时他正在骂一头在路边乱拱的猪，骂得非常文雅，令我想起了孔乙己。那个问我生字的学生后来又分到我们班了，当我在第一节班会课上宣布他是我们班宣传委员时，他不好意思地伏在了桌子上，不过他没法把自己两只涨得通红的招风耳藏起来，它们像两朵鲜艳的红蘑菇，正在仔细聆听着这布谷鸟乱叫的初夏。

58

下午第三节课，数学老师进城去学习了，我来到班上监督自习。学生们正在抄着黑板上的题目，细声细语的学生们晃动着小小的头颅，多像是一群细声细语的稻子，我的目光像风，风掠过稻子，稻子们立即安静下来了。我抬起头来，看到后窗外有几株野生的芦苇，芦絮雪白，一束阳光打在芦絮上——它的头又白了，我顿时明白了，什么叫作灿烂。有些大胆的孩子也把头抬起来，眺望窗外，我没有惊动他们，他们知道什么是灿烂吗？

59

作为老师，四五十个学生总是像鸟儿一样在我们身边叽叽喳喳地叫，而且都不是文静的鸟儿。一会儿他用墨水抹到其他同学衣服上了，一会儿一个男生和一个女生因为课桌上的三八线吵架了，一会儿课代表说某个学生忘了交作业……我特别喜欢上自习课，在自习课上我取出一本书，坐在讲台后面看，学生们都静了下来，低下头去。我不时从书本上抬起头来，这时我往往和一些学生的目光相遇，我的心很平静。只有看到我的哑巴学生时，我的心才猛然一怔。在他的眼神中我又心怀侥幸，我定定地看着他，他把头低下去了，我想，他是不是还在做斗争，要不要站起来叫我一声“先生”呢？下课了，被我捺了一节课性子的学生早已冲出了教室。唯有哑巴学生不，他默默地走着，有的同学也和他说话，不过他不作答，只是打手势。别人都叫他哑巴——可他看上去一点也不像哑巴——他的眼睛很清澈，他也听得见，所以如果你跟他交谈，你很难看出他不能说话。他成绩中上，由于没有听到他大声读过书，我心中还存有侥幸，是不是他不愿意或者不屑跟我们说话，或者干脆他总是躲在一个秘密的地方朗朗地读书？

哑巴学生肯定不知道我心里想什么。有一次，因为他我还差点和另一位教师吵起架来，就因为这个教师说了句，要是我们班的学生都像你们班的哑巴学生就好了。我立即激动地说，你这是什么话？你这是什么话？说完了，我还看看窗外，我生怕那个哑巴学生听到。乡亲们常说，“少一窍，会更聪明”，他耳朵尖，我生怕他听见别人议论他。事实总是与我的想法相左，这真是没有办法的事。我一直喊这个哑巴学生大名——学名。我的学生也叫其学名。可有一次，一个低年级的学生在我的教室外大声地喊，哑巴，哑巴。我的哑巴学生就走出来了，满脸通红。我也跟了出来，训斥这个学生，而这个学生不以为然地说，你说他是不是哑巴？你说他是不是哑巴？口气还凶得很。其他的学生告诉我，他是哑巴学生的亲兄弟。后来我了解到，他父母因为哑巴残疾，早早申请了二胎，这个小孩就是二胎指标。从衣着上可以看得出他父母的重心在哪里。哑巴学生牵着那个小男孩走了。后来，这小孩总过来叫哑巴，弄得我们班的学生都叫他哑巴，我不知道怎么制止。不过我还坚持我的叫法，叫他的学名。我不希望他在他的沉默中忘掉自己的学名。每次班上点名，我点到他的名字时，他总是怔一怔，然后举起手（这是我要求的）。只要我看到他举起手，我就感到他心里的自尊又长出了一枚新叶。

60

猴子姓侯，大家都叫他猴子，并不完全因为他姓侯，而是他会爬树。噌噌噌，噌噌噌，他就像猴子一样蹿到树梢上去了，真是一只天生的猴子。我曾见过他在教人爬树，可被教的人总是像癞蛤蟆一样抱在树上，屁股使劲地往下坠，再向上就不能了。他教得脸上全是汗，口中骂道，真是笨死了，真是笨死了。的确，那些想爬树的人真是笨死了，会不会爬树其实是天生的，我想他肯定也没有跟谁学过，况且他的手臂并不长，爬树用的是巧劲。有一些孩子佩服他，跟随他左右；有一些孩子就不怎么服他，还向树上的他招手，下树来“架鸡”。轮到盘腿架鸡，他可不行了，只是架了一会儿，他就被架成了落汤鸡。再掰手腕，又是输，或者拉簧，他也是输。他一输就急，爬树，比爬树。提到爬树他就被孤立了，这种孤立令他非常伤感。有一次放学好久了，我奇怪一棵常绿树下为什么会有那么多落叶，再往上看，原来这个“老先生”在上面。我不敢吓他，只好轻轻地喊他，让他下来。他下树的速度和上树的速度一样快，一眨眼的工夫他就窜到地上不见了，像一只松鼠，背着书包的松鼠。

期中考试后，我让学生把成绩单带回去给家长签字，这个侯同学成绩既不好也不坏，却被他家老子老猴子打了一顿。打就打了，可他被打之后就不见了。开始他父亲还以为他进了学校，我以为他在家里，待学生把我的口信捎给他父亲时，他父亲才急急地赶到学校，脸色都变了。找了村里，村里没有。找了他的亲戚家，亲戚家也没有。我突然想起了树上，于是我们又向树上找。我们对着树喊，猴子！猴子！（要是不知情的外地人还真以为我们在找一只猴子呢），全村人都在找，我们用手电筒朝树上照去，树上的宿鸟都被照得惊动起来。猴子，猴子，我们在一起大声地叫他名字。他父亲还爬到茂密的大树上去找，但还是没有。村里的树几乎都找遍了，可是没有。天都快亮了，他还是没有出现。他的妈妈都以为他投水了，就向水里哭着喊他的名字，猴子！猴子！最后，还是一个到自家草垛前抽草烧午饭的乡亲发现了猴子。他正睡在草垛里面，头发乱蓬蓬的，乡亲还真以为遇到了一只猴子呢。惊魂未定的乡亲在此之后不知把这故事讲了多少次，他还讲给我一次，他总忘不了说上这一句，这个猴子，为什么不躲到树上去？是啊，那次他为什么不躲到树上去呢？谁去问问他呢？

61

这个玩蛇的孩子原来并不是我的学生，我和他第一次认识是在办公室。他站在办公室里的样子显得很无辜，一脸的可怜相，他的老师上课去了，我只随意地问了他几句，他就委屈地哭了，从他流泪的速度来看，我便觉得他是个好孩子。后来，他作为留级生留到我们班上后，我感到自己错了，而且是错得一塌糊涂。一学期没下来，这个貌不惊人的学生朝教室里带过癞蛤蟆，带过刚出世的幼鼠，各种形状各种颜色的鸟蛋，还带过一排蛇蛋（蛇蛋是像一发发子弹并列在一起的），谁也不知道他是从哪里弄过来的。当我不在教室时，他必定给我们班的学生（尤其是女生）带来一阵又一阵不安与尖叫。我只好采取老办法，让他站办公室，但无济于事，他口头检讨快得不可思议，检查书在我这儿不下三十张，还带过家长（他父亲是个兽医，很文弱的样子，不过听说他打孩子手段辣，用竹枝抽）。有一次，他居然从外面带来了一条小青蛇，开始他是拢在袖子里的，他见到一个同学就捋一下他的袖子，结果是可想而知的，一阵又一阵尖叫，女生的尖叫尤其尖厉。在办公室，我问他为什么，他还狡辩说他没为什么。等他把袖子中的蛇放到我桌上时，我还是吓了一跳，我并不是一个怕蛇的人，我看着那条比指头大不了多少的蛇可怜地蠕动着，快不行了。而在这可怜的蛇身边，是比蛇更可怜的他。在我还没说怎么处罚他时，他已主动惩罚自己了——他自己举起手，用手背往办公桌上敲，每敲一次，还装出很疼痛的样子。我说，谁叫你打手的？他嘟哝了一句，我不打你也会叫我打的。

蛇还是死了。玩蛇的孩子安稳了一段时间（我没处罚，我说让他记着等待，我想让他在等待处罚的过程中反省自己）。结果有一天他居然没有来上学（平时他上学是很准时的），我认为他逃学了，其他同学捎信来，说他病了。开始听了我还认为是借口，也许父亲对他失望了，不让他上学了，听到这个消息，不知怎么的，我心中竟然有了如释重负的感觉，我的班上也安静了许多，连校长也表扬了我们班。有一次，我还梦见他回校上学了，他从书包里掏出一只蝙蝠，蝙蝠在我们教室里飞来飞去，把整个教室都闹得一团糟。再后来，听学生说他患了阑尾炎（我们学校其他老师还以他为例，杀鸡儆猴，他们教育其他学生，不要顽皮，不能顽皮，你看他玩出阑尾炎来了吧。想想真可笑，这么吓学生有什么用呢？可是这效果却出奇的好）。过了不久，他又背着书包来上学了，变得文质彬彬，还有点羞涩，可能在开阑尾时把他的调皮也开掉了吧。仅仅过了一个上午，下午我到教室时，我发现他身边又围了不少学生，我走近一看，围观的学生飞速地散了。我认为他又带什么东西来了，我问他，他不肯说。我叫住了一个“观众”，这个“观众”说，他给我们看他的阑尾刀口，说他的肚子里长了一条蛇，是医生开刀把蛇拿出来了，有这么长，像讲台那么长。我回头看了看他，他的头低下去了，脸红了，红了脸的他还是蛮可爱的。

62

写字课上，一只愣头愣脑的麻雀忽然撞进了我们教室，像睡眼惺忪的学生走错了教室。本来很安静的孩子们的心一下子都像那麻雀一样乱飞了。这只慌张的麻雀，它叽叽叽地叫着，仿佛又在表演。它一会儿飞到教室前面，一会儿又飞到教室后面，孩子们的头一会儿向前倾，一会儿向后仰。我看见一个孩子悄悄地打开了窗户，它会不会从这敞开的窗户里飞出去呢？可这只麻雀似乎不知道这个学生的好意，它还在叽叽叽地叫，又有点心虚，它乱飞了好一阵子，孩子们的心也乱飞了好一阵子，终于，这只麻雀飞出去了，从那敞开的窗户中。但孩子们已无法安静下来了，好在传来了下课的钟声。我如释重负，孩子们都冲出了教室，教室屋顶上的麻雀很多，哪一只是刚才走错教室的麻雀呢？

63

很多学生都叫他“大个子萝卜”。看得出，他自己也不喜欢高，小小的年纪，背尽力弯着，像一个驼背老人。他的成绩并不好，在班上，他绝对是一个让老师放心的学生。他还从不迟到，从不早退，下课也不打闹。相反，闹得比较厉害的是那些小个子的学生，那些小个子的学生反过来还会欺负这个大个子。有一次班长向我反映，“大个子萝卜”被一个小个子学生捣了好几拳，还疼得掉了眼泪，不过他还是没还手。开始我还有点不相信，后来我一调查，果真是这样，这个“大个子萝卜”果真是个纸老虎。有时我在讲台上看到沉默的他，心中挺不是个滋味，他的内心肯定比一只小兔子还要胆怯，还要懦弱。是什么造成他如此的性格呢？父亲的暴力，还是母亲的懦弱，或者是别的什么原因？也许到了毕业就好了，他会成为他父母的好帮手，种田的好劳力。

64

下课背书其实是乡村学校的一景，乡亲们也很理解，送孩子上学就是为了吃字，很多贪玩的孩子对此招只好收了心，认认真真地背书。每当此时，乡村学校的黄昏里有很多童音在叽里呱啦的“念经”。乡村孩子读书不像城里孩子读书那样抑扬顿挫，他们带有乡音的普通话读起来真像是“唱经”——一口气没有停顿地读到最后。不过他们读得专心，效率快。很多学生背好了，就走了，最后就剩下了一个男生。这是我们班的劳动委员。念在平时劳动积极的份上，我本有心放他走的，可窗户外站着几个背好书的同学，他们在等他一起走，我不好“徇私情”了。我让他背，他摇了摇头，意思是说他背不上。过了一会儿，他主动跑到我面前，我以为他是来背书的，谁知他比画着说他要上厕所。真是“懒牛上场尿屎直淌”。我觉得他变狡猾了，他可能要借着上厕所之名开溜。我便摇头不允。他便做出很急的样子，他一急就口吃。我严肃地对他说：“我姑且相信你一次，你去吧。”我已经抱着他不回来的想法了。谁知只过了一会儿，他又跑了回来，捧起书本，低声地读。天渐渐地暗了，我说：“这样，你来读一遍给我听。”他迟疑地走了过来，我眼睛闭着，谁知过了半天也没有声音。我的火气上来了，说：“读啊，你哑巴了？”他开始读了，像蚊子哼，读得很不连贯，再一问，他居然有很多字不认识。这是我怎么也想象不出来的，怎么是这样呢？他在上课时并不做小动作，他究竟在想什么呢？我心里有些火，说：“明天早读课背给我听，背不上就不要来上学了。”第二天早晨，我把这件事忘记了，他走到我面前的时候，我还以为他向我汇报班上的劳动情况。谁知道他把他的书递给了我，他的书不像其他同学的书像狗啃似的，很新。没有想到的是，我的劳动委员居然大致不差地把课文背了出来，我抬头看着他，他的小眼睛里布满了血丝，我敢肯定他一夜未睡。可上课的时候，他的心放在什么地方了呢？

65

我正在办公室刻写试卷，蜡纸的质量不是太好。校长走过来："快去，快去，你们班好像有人在哭。"办公室的老师都看着我，我说："不用说，肯定是哭宝。""哭宝"是一个男生的绰号。他长了一双大眼睛，只要眼睛眨上几眨，那泪水就大颗大颗溢到眼眶边。一滴，又一滴，无声地落。被人欺负时他会哭，自己跌倒时他会哭，考试不理想他会哭，被老师批评了几句他也会哭。我走到教室，一看，果真是哭宝。原因很简单，他刚刚新剃了头，今天早晨被调皮的少年们报了新头税。我晓得，这是农村孩子们常有的庆贺方式。我说："疼不疼？"哭宝不回答，依旧在哭。我要求每一个给他报过税的少年负责把哭宝惹笑了。后来，我就看到了世界上最滑稽的镜头，每一个少年为了把哭宝惹笑，纷纷拿出了看家本领，做鬼脸，怪笑，最后，哭宝咧开嘴笑了。不过，他只笑了一下，又哭开了，他依旧很委屈。

66

谁能想到一个脸上有雀斑的少年居然创作了一部武侠小说！班长告诉我时，我还有点不相信。后来班长还偷过来给我看了，武侠小说是写在一本练习簿上的，他的字写得不算差，他是什么时候写的呢？开始我还很平静，后来就有点惊奇了，再后来就有点愤怒了，因为他把我的名字、校长的名字和我们班学生名字全都编进了他的武侠小说中。他自己也在其中，做了武侠小说中武功最强大的王。我们的校长在里面成了一个卖老鼠药的。我让班长把那部作品送回去，并要求他不要向外说。班长走后，我想了很久，在他的武侠小说里，我成了他的一个烧火的仆人。我真的不明白，我为什么就成了一个烧火的仆人了？以后很长一段时间里，我遇见他的时候，我都忍不住多看他几眼——可是他有点怯弱，总是躲着我。这个脸上有雀斑的少年，这个文静少年内心的波澜，我真的想象不出。

67

多云的下午，我的心情就有点不好。我的课是在下午的第一节，在此之前是校长的大字课，那是在午觉之后的二十分钟（这书法课在其他农村学校是不开的，教师少，一些副科能不开就不开。但我们校长坚持开，我们只好服从，校长说话很有意思，比如珠算课称之为打算盘，音乐课称之为唱歌课，书法课称之为写大字。横是横，竖是竖，撇是撇，捺是捺。开始是描红，临帖。写得好就用红墨水圈一个圈，谁的红圈圈最多，谁的字就写得最好。写大字的本子让学生带回家，其用意是很明显的，这大字本子的宣传比任何宣传都来得实在）。我走进教室门的时候，发现教室里有点异样，我心中有点惊异，不晓得这些调皮少年又干出了什么坏事。后来，我看出来了，原来是我的课代表的脸上被谁用墨汁画成了鬼脸——我的课代表居然不知道，认真的目光还在围着我转，其他的同学也相当认真。一定是午觉的时候，被一个调皮鬼画的。刚才上大字课的时候，校长没有发现吗？说不定校长也发现了，他就是不说。弄得少年们都在这节课认真起来了。我不敢看我的学生们了，他们越是听讲，我越是想笑。好不容易熬了一节课，我到了办公室，一边改作业，一边笑。那个多云的下午，我心情变得非常愉快。

68

教室的玻璃又遭殃了，几乎每天都有玻璃破碎的事情。我们的校长心疼极了。但他怎么说？只有苦了我们这些班主任。其实查也很难查的，排球太多了，谁也不知“上面”为什么要发下这么多的胶皮排球，三块钱一只，说是推广排球运动。乡下有些事情是说不清楚的，比如学校后面的水杉林，就是“上面”推销下来的。学生们倒是有热情，两个学生一个排球，排球打起来很简单。校园里不再寂静了，尽是——嘭嘭嘭——打排球的声音，为了做记号，学生们还在排球上用墨水号上了记号。少年们打排球的方式也简单，看谁击得高。少年的臂力的确不错，有些排球被击得很高，好久才能落下来。有一次，竟然落到了我的头上，排球很轻，我轻松地顶了一个头球，在少年们的欢呼声中走远了。

69

泥操场上都画好了每个班的包干区，除了每天值日生打扫之外，我们学校一般还在每星期四大扫除一次，即清理校园各个角落里的杂草。要是遇到星期四下雨，那就会有两种情况：如果是小雨，用校长的话说是“眨眼睛的雨”，那么大扫除就放在星期五放学后；如果星期五继续下雨，那么大扫除就延至下星期。两个星期下来，校园里的草就没有纪律了，它们东长一块，西聚一簇，有的学生写作文说我们学校都成百草园了。少年们还能从百草园中找到许多虫——什么闪闪发光的瓢虫，什么像草鞋的草履虫，什么叫声怪怪的小甲壳虫。有些虫根本不用到草丛里捉，它们会主动飞闯到我们教室里来。总务主任最不喜欢下雨，我喜欢下雨，更喜欢隔了一个星期的大扫除，每当这样的大扫除结束，校园里都弥漫着青草的涩味。教室里的气味甚至更浓——少年们的手指尖上全是草汁。我在浓烈的青草气息中上课，有点陶醉，有点微醺。

70

有一次，我发现少年们竟然全都聚精会神地在听我讲课，连班上最调皮的学生也很安稳，这是以往很少有的，当时我的感觉好极了，讲得越发得意，板书也龙飞凤舞。事情是我转身擦黑板的时候发现的。我瞥见了一只灰色的虫子落在了我的肩上。我还没有太在意，等我把黑板上的板书擦完了再准备板书时，发现那只虫子不是别的虫子，而是一只放屁虫。难怪少年们这么听讲，我还以为我讲课讲得很好呢。再后来，我觉得我上课效果就差多了，放屁虫肩章一样伏在我的肩头，依据经验，绝对不能主动驱逐这只灰色的放屁将军，否则，“热情洋溢”的放屁虫真的会对我进行一场难受的“嗅觉考试”。那种味道，还很难消除。就这样，我上了半节好课，上了半节差课，少年们还是那么聚精会神，或者叫作幸灾乐祸——当听见下课铃声的时候，我看了看我肩头的放屁虫。没有了。也许它也听到下课的铃声，知道已经下课了。

71

很多孩子都有一些秘密的粉笔头。他们可以往地上画上他们需要的内容。画个龇牙咧嘴的鬼。画汽车。画太阳（还有光芒）。有的就画一条线，在路上一路延伸，拐弯，一直画到自家的门口停下，仿佛是自己放了一条钓鱼线似的，而自己就是他钓上的那条大鱼。还有一些孩子画了不少“小心陷阱”“小心地雷”等字样，弄得路上很多人都小心翼翼。有的在地上写上对手的大名、小名及绰号，并加上“打倒”等字样。最严重的一次不知是谁写上了校长的大名，正好被校长看见了。校长很生气，反复地开会，重申爱护公物的重要意义。讲到最后就申明谁也不允许乱丢粉笔头，粉笔头一律集中到总务处去。百密总有一疏，丢粉笔的事还是发生在校长讲话后的一天，一位教师上课后忘了取粉笔盒就回办公室了，再回来取时粉笔盒已经空了，一支粉笔也没有了。问了许多学生，包括班干部，都说没有看见。事情汇报到校长那儿，校长说，肯定分赃了肯定分赃了，信不信，过不了几天墙上又是“鬼画符”了。一个教师出了个主意，要查很简单，谁写的查笔迹，一查一个准。但这样有了指导方针的追查运动，过了一个星期，也没有“犯罪嫌疑人”。后来也就淡掉了，谁会和一盒粉笔过不去呢。过了好久的一天，我打开办公室的门，门上有一朵粉笔花在摇曳着，说实话这花画得并不美，花盘倾斜，花瓣也不全，像一朵没准备好就匆匆开放的花。一朵急脾气的花。这是谁画的呢？我看了一会儿，一种什么情愫将我打动，我拿起粉笔就在这朵粉笔花的上面画了一只蜜蜂。我以为别人不会注意的，哪知很多走进办公室的老师说，这朵花太大了，有点像向日葵；这蜜蜂也太大了，有点像小鸟。这是谁画的？赶快告诉校长。话是这么说，但没有人告诉校长。过了一会儿，校长过来看，他没说画得好不好，也没问这是谁画的。过了一段时间，村里的墙上多了很多类似的向日葵与蜜蜂或菊花与鸟。我想，这其中肯定有那些偷粉笔的孩子画的。我不说出，他们也不会说出，一朵巨大的粉笔花在我们的内心怒放着。有一天大雾，我看到办公室门上的粉笔花不见了，我以为谁把它擦去了。可大雾散去，太阳升起来，朗朗的读书声一阵又一阵飞进办公室，我又看见了那粉笔花，粉笔花仍在办公室的门上，像刚刚画上去似的。看见了这幅画，我心里似乎满是蜜蜂嘹亮的歌声，当当的钟声也没有将它们吓走，反而越聚越多，把我的心挤成了一只甜蜜的蜂巢。

72

“冬长夏不长，要长根朝上。”这个谜语的谜底就叫作冻冻丁——屋檐边的雪水化后又结下的冰柱。我曾因卫生问题警告过学生不要吃冻冻丁，学生们不管这些，照样像青蛙一样跳，摘那屋檐下的冻冻丁，够不着还搭高肩摘（一个站到另一个的肩上），然后就把冻冻丁塞到嘴里咯吱咯吱地嚼，侉得很，这些侉孩子别看他们听话，他们一旦犟起来，十头牛都拉不回。有的孩子还从河里找到了大块厚冰，磨圆了，用一根芦管在中央使劲吹出一只小洞，然后用绳子穿上，当滚车轮玩。还有的孩子索性就把两块冰串起来让另一个学生拉着滑行。真是不怕做不到，就怕想不到。冰块把孩子们的手冻得红通通的。可他们并不冷，手背上全都冒着热气。一双手伸出来，每一根指头都是通红的，透明的，像是太阳的光芒似的。

73

天再冷的时候，学生就朝太阳下钻了。他们聚在一起，然后不约而同地分成两派，开始挤暖和，他们真的像两群初生的牛犊，头对头地抵着——听着他们嗷嗷地叫，真是吃奶的力气也挤出来了，不过到了教室里，就再也没有跺脚的事情发生了，他们就像一只只羽毛凌乱的鸟儿，兴奋到半节课后才安静下来。校长是坚决不允许学生挤暖和的。在校长的高压和我们大呼小叫下，学生们开始化整为零，一对一地挤——其实不是挤，而是两个人作完全弹性碰撞。像两条龙的角力。嘿。嘿。嘿嘿。一声高似一声，还是有节奏的。如果好久也看不见校长出来管，两条龙后面就迅速跟上了很多人，孩子们鼓着腮帮，把力运向一侧，然后一撞——把力进行传递，一直传递到领头的大个子男生肩上。挤的目的不是胜利，而在乎暖和。我曾在班上讲汉语中有意思的特例词。我举出了“吃食堂”“打酱油”“晒太阳”等词，有个学生见机行事，说出了“挤暖和”一词。挤暖和，多好的词啊，牙膏的清香一样，用力一挤，“暖和”就挤出来了。

74

总有一群天才像无名花一样在乡村自生自灭。比如一个绰号叫“叫驴”的男生完全可以作为男高音，暑假他在邻湖上放鸭，吆喝的声音可以清晰地从此岸的甲村抵达彼岸的乙村，几年后我再遇见务农的他，他说话声音粗哑且瓮声瓮气。比如一个叫“蚂蚱”的女生，真的可以像蚂蚱一样——跃过近一丈宽的灌溉渠（有学生还说她曾飞越过一条小河），再后来听说毕了业的她嫁到外地去了。还有一个叫“黑鱼”的男生可以在河里潜泳——扎猛子——能潜过一条大河不换气，几年后他却死于游泳。同样，在我们学校还有不少美术天才，他们随手所做的画可与毕加索的变形画相提并论，有的人可以称之为乡村米罗。他们作画的工具有铅笔、毛笔、粉笔、小刀（在烂地上刻或刻在树干上）、烧黑了一端的芦管、红砖头、青砖头等。他们画的内容主要是动物和人。动物不成比例，人体比例失调。

我曾见过一个“天才”用红砖头在我们学校领操台上画的画，他画了一只兔子——但分明是人脸。还有一只狗——狗也是人脸，还画了眼睫毛。不过有一点值得赞美，他们画人时往往很传神——冷不防地，我也曾见到“我”被画在了村里的一面墙上，在“我”面前，是一根还冒着热气的“狗骨头”。我知道，这是我们班的那个美术天才画的，而且画的就是我。一是，他画了我的招风耳；二是，他画了我的一双因近视而眯起来的小眼；三是，画了中山装，上口袋还插着一支笔。我知道不能在班上说，越说这“作品”会迅速复制，我只是捡起地上的红砖块在我身边加了一只狗。

75

昨天，在乡里的市场上，我看到了我过去的一个学生。他已成了一个鱼贩子，全身鳞片闪烁，鱼腥味冲鼻，他看到我时，把头扭向一边，他想不认我。他为什么不认我呢？也许，他是我教育的一个失败。

76

一些少年的嘴唇又紫了，肯定又是去偷桑葚了。我在课堂上讲过很多次，桑葚不卫生，有苍蝇叮过，不可以吃的，可那些少年还是照吃不误，只留下紫嘴唇给我。有时他们不留下紫嘴唇——把舌头伸出来吃，但手指肯定是紫色的，洗也洗不掉。过了夏天，许多学生脸上长了很多虫斑，像很多光斑打在脸上，甚是惹眼。我就给他们上了一节卫生课，专门谈蛔虫的害处。我讲了一个“刚刚发生的故事”，一个男孩，喜欢吃桑葚，他不知道刚刚有一条蛇从那颗最大最紫的桑葚上游过去，后来他吃下去了，结果没有几天，他肚子越来越大，后来就疼得厉害，后来医生把他肚子剖开来一看，肚子里卧着几条小蛇呢。少年的脸都变白了。这种狐假虎威的恐吓法也取得了一些效果，再也没有看过那些少年的嘴唇变紫。其实这时树上已经没有桑葚了。有的学生听了我的话，开始吃驱虫药打虫。虫斑从他们的脸上消失，红嘴唇又出现了，红润润的脸蛋也出现了，在我的课堂上，就像一朵朵红莓花儿开。但愿在明年夏天，他们还能够记得我这堂带有恐吓意味的课。

77

事件出得很突然，一个调皮的少年抓住这一个女生的辫子——她正站起来准备发言——事件的结果不是她的尖叫，而是她没有尖叫，哆嗦着，坐了下去，汗水淋漓，嘴唇发乌，像吃了许多桑葚似的。我从未见过这种情形，赶紧叫来了总务主任，总务主任立即叫来了村里的医生，村里的医生却是很能干，只让她吃了一颗药，这个女生的嘴唇又回乌转红了。抓她辫子的少年遭到警告处分。这还算轻的。因为她有心脏病……心脏病！这个词就够学生们吓得了。我还给那个女生调了位置。她就成了我们班上的宝宝了。我把她从值日表上划掉，不让她去做广播体操，不让她参加集体劳动。我忘不了她发乌的嘴唇。不过她很固执，不用她值日她也坚持值日。集体劳动时她也参加。两条乌黑的大辫子拖到了地上，又被她甩了上去。她是女生中辫子最长的，一看就知道家里有个会梳辫子的长辈。后来，我看到了她的奶奶，慈眉善眼的，每天都在校门口等她放学。叫法也好玩，叫她宝宝。弄得我们班男生女生都这样叫她，宝宝，宝宝。她也答应。两条乌蛇似的长辫子在身后跳来跳去。我总是有点心疼。因为村里那个医生说了，她这种心脏病人活下去最多不超过二十岁。二十岁！还有多少年啊？数数指头也算得过来啊。不知道她自己知道不知道。有一天，我听到她对那个抓她辫子的少年说，你猜几？她在和那个少年做游戏。她还是个孩子呢。在我的办公桌的抽屉里，藏着她的一幅新年贺卡，她自己做的布贴画。她用碎布贴了一只狗熊，笨拙的可爱的狗熊，还长了两根长辫子，这是她自己呢。

78

有两个学生不朝黑板上看，而是朝课桌下看。我把讲课声停顿了一下，他们会猛然抬头，像受惊的小猫似的，弓起了身子，全身的绒毛都竖了起来。过了一会儿，他们又把头低下去了。我又把课停了下来，停顿下来有一种此时无声胜有声的味道，他们又一下子受惊了，只好又抬起头盯着黑板。再过一会儿，仿佛是传染似的，他们专心听讲，前面的一对又不安心了，目光转向一方。我只好又把课停下来。他们是听讲了，左边的一桌又不听讲了，这种“传染病”证明是有情况了。我只好中断了上课，让一个少年站起来说，他没有说出什么。我急速地走过去，朝他桌下一抄，抄出一只空火柴盒——不用说，这里面应该装有一只昆虫什么的。好好的一堂课就被搅乱了。几分钟后，一只“红娘子”送到了我的面前，这是一只“铜头红娘子”。我随手一扔，这只“红娘子”就被扔到教室外面去了，扔完之后我就后悔了，学生们再也集中不起精神，刚才我已把全班学生的心扔到教室外的草丛中去了。

79

乡里的孩子一般是双名，班里点名簿上是大名，村里是大家熟知的绰号。比如王继宏——大山芋。比如刘小兵——二扁头。比如小眼睛的刘永强——三斜瓜。比如皮肤比较黑的刘永业——黑菜瓜。比如王志军——小肥皂。追溯这些绰号的来历，大体上有三个方面的原因。一是遗传，王继宏的父亲王学宝的绰号就叫大山芋，据说他爷爷也叫大山芋。二扁头刘小兵也是属此类。二是外形，像三斜瓜刘永强，黑菜瓜刘永业。三是典故，比如王志军，他皮肤白，他妈妈总是说“我家用肥皂”——谁家不用肥皂？而王志军就叫小肥皂了。我开始不知道这些内幕故事。那一次，我让一个学生找刘永强，学生把刘永强找来，对我说，先生，三斜瓜来了。我当时就笑了。我也叫了声三斜瓜。刘永强不恼。而当我在路上，跟着别的乡亲叫刘小兵为二扁头时，他却没有理我，反而气鼓鼓地走了。我当时完全是开玩笑，可能当时他挺忌讳的，我伤害了他。

80

还没到夏天，校长就在会上讲学生安全的事。散了会，我会站在黑板前，声色俱厉地敲着讲台说，不许私自下河游泳。学生们静默不语。我知道我的话只能吓住那些老实的学生，可每天还是有学生悄悄地下河去游泳，这是没有办法的事，我的学生是一群水鸟变的孩子，能飞，能游。很多学生从小就学会了游泳，所以应该不会出什么问题。快要放暑假了，这几天校长特别强调要注意学生安全……可事情还是出来了。那天下午，一个学生在离学校很远处的河堤上发现了另一个学生的一只凉鞋，这消息可了不得，校长不由当当敲起了集合钟，学生们来了——但缺少那只凉鞋的主人。校长急了，老师们也急了，大声命令学生们一个也不允许出校门，全部在教室里自习。再后来，河堤上就出现了一群光膀子的老师，校长不会扎猛子，他只是在浅岸边探寻，一脸焦急。会扎猛子的就不停地扎猛子，深水里还是很凉，有的老师的嘴唇都冻乌了。可那只凉鞋的主人还没有找到。就看见满头花发的老校长眼里都溢出了泪水，刺目的河水上满是抑郁的水兰。说不要出事，可事情还是出了。一个在棉花地里劳动的乡亲从茂密棉花群中钻出来，他全身被汗洇得精湿，他准备到水中冲凉降暑。他看见了我们，先生们在河里寻什么宝贝啊？知道原委后，他说，原来你们是找中午在这儿洗澡的孩子啊，他已被一个长络腮胡子的男人逮走了，还一巴掌打在了那个孩子的光屁股上，声音很响，都听得清清楚楚。我们这才长长地松口气，原来他是被他父亲逮走了，就想他肯定少不了一顿皮肉之苦。虚惊了一场的校长开始自制标牌，每个标牌上都写着：禁止下河游泳，否则校纪处分！标牌插到了很多条河边，不知道管用不管用？

81

我经常在暑假里回学校取信。在知了的叫声中，我总是看到戴了一顶旧草帽的老瓦工在屋顶上慢慢地排漏（他们是一群快要做不动的老瓦匠，由于工薪低，偿付又不准时——一般要等下学期开学才有，不但如此，活儿还很碎，年轻气盛的瓦工都不愿意接这差事，而且大部分年轻人都到城里建筑队去了）。冷不防地，上一学年两学期中学生扔在上面的羽毛球、毽子、竹竿、石片什么的就滚落下来，声音老实、清脆；还有纸飞机什么的，已经朽了，飞也飞不起来。没有收拾干净的屋顶与收拾好的屋顶是不一样的，有点像梳头与不梳头之分。有一次，我看见一个老瓦工从吱吱叫的竹梯上走下来，捡起一只掉了毛的毽子踢了起来，他边踢边自言自语，踢不动了，踢不动了。其实他踢得挺好的，是个行家。排完漏，他们就用一根竹竿把扫帚绑在上面，然后又和石灰水，用扫帚往墙上刷石灰水。刷一下，沾一下石灰水，又刷一下。那些坏了角、裂了缝，还有许多学生涂鸦了的墙壁就黑了。不过这不要紧，上午刷过石灰水变得湿黑的地方下午就变白了。一座教室就慢慢地亮堂起来，有了新教室的样子，只不过多了石灰水的味道——一直到开学，石灰水的味道还是要和粉笔灰的味道一起直冲孩子们的鼻子。夏修之后的校园里（不包括全是草的操场）到处是石灰水洒滴下的白色斑点，弄得整个校园像一只巨大的梅花鹿，梅花鹿躲在草丛中等待开学的孩子们。到了9月份开学，孩子们就走在梅花鹿的身上，梅花鹿什么话也不说，只踩了一天，梅花鹿身上的白斑点就变黑了。那些捧着新书的孩子很兴奋地闻着新书的芳香，似乎谁也没有发现，我们的校园又崭新一些了。或许他们早知道了，但他们不说，而用嘹亮、清脆的童音来填满这座饥饿了两个月的乡村校园。

82

班上有两个学生，小个子同学和大个子同学。小个子同学，学生们都叫他队长；大个子同学，学生们都叫他教授。小个子对别人叫他队长并不气恼，但他也不答应；大个子则不同了，别人只要一叫他教授他就跟别人打架。他这一举动反而招来了更多的挑衅，有两个学生还鼓动别的班级和年级的学生喊。教授，教授。有次七八个女生一起对着大个子喊，教授，教授！最后，这个大个子哭了，哭得像女生似的。校长跟我说了这件事。我就把这件事放到班上去讲："不要乱喊绰号，喊绰号是不尊重别人，不尊重别人等于不尊重自己。"我看到很多学生的头都埋下去了，我以为我说得不错，就狗尾续貂地说："喊教授还不错，谁要是成为教授，谁就成为我们学校的大人物了。"谁料到，我刚说完这一句，班上的学生就像炸了锅一样，有的学生还笑得直揉肚子，嘴里喊道，教授，教授。大个子在课桌上也笑开了。不过，他只笑了一下，脸就沉了下去。我这才知道学生们取这绰号是指人体排气的事。"放得响，当队长；放得臭，当教授。"这是因为农村粗食吃得比较多，而一些肠胃不好的学生就有点消化不良。学生居然把教授这个词用在了这里，真是有点黑色幽默。"教授事件"之后，大个子有点害怕见我，见了我就躲，上课也尽量把头低着。他还是有自尊心的。我想过很多办法，他还是很忧郁，真的像深沉的教授了。后来，大个子用一块砖头把另一个喊他教授的学生头上砸开了一个洞。我赶到现场时，大个子手中的砖头还没放下，他像呆了一样，站在那儿。他被激怒了。好在被砸的学生家长也不是不讲理的。赔了点医疗费就算了。我听见大个子的父亲在骂大个子："叫你教授怎么了，你又不会少一块肉！"大个子不吱声。反而是那位被砸的学生，他包着绷布，很快又出现在校园里，有人注目，他就指指自己的头，伤病员似的："这是教授砸的。""用砖头砸的。"他好像很光荣。

83

每天清晨，我总是沿着我们学校外的防洪堤跑步。防洪堤下是乡亲们的棉花田，乡亲们起得很早，每天我在堤上跑步时，他们已低着头在棉花田里打公枝，用喷雾器灭虫。他们肯定听见了我的脚步声和喘息声。在晨曦中抬起头来的他们，像盛开的向日葵。一位乡亲说："小先生还跑啊，头上都出汗了。"另一位乡亲说："你懂什么，这叫锻炼，就是要出汗，出了汗才有效果。"那位说话的乡亲嘿嘿一笑："哦，哦，那还不如和我们一起打公枝，一会儿就出汗了。"乡亲们肯定是说着玩的，可我却无言以对，感到有点惭愧。我迎着初升的太阳往回走，我真正明白了，"劳动"和"锻炼"有多么的不同。

84

我很喜欢看乡亲们的眼睛，这些朴实的乡亲遇到我们这些做老师的总是真诚地微笑着“先生”“先生”的喊，眼睛都眯成了一条缝。我觉得他们的目光是这世上最充满期冀的目光，他们把所有的希望都交给我们了，还说，孩子不听话，就当作自己的孩子打。我忙说，不能打的，不能打的。谁知他们就惶惑起来，满脸的狐疑，如果我不答应这件事，就是不对他们的孩子负责任似的。看着他们的眼睛，我就再也没有勇气说我的教育学了。

85

朴实的乡亲们也时不时给我们送礼，他们送礼都是悄悄地来，悄悄地走，送的都是家里的土特产。如刚生下来的红皮鸡蛋啊，还散发着稻汁香的糯米啊，才出水不久的鱼虾啊。他们总是说，让先生尝尝鲜，尝尝鲜。这些礼是不能退的，每一次退都好像跟他们打一次架，他们总认为送礼给先生理所当然，他们还说，以前先生还到我们家吃派饭呢，就当作到我们家吃派饭吧。可我总觉得受之有愧。有一次，有位家长送给我一只鹅，结果这只鹅嘎嘎嘎地谴责了我整整一夜。又有一次，一位家长送给我一蛇皮口袋山芋，他动作很快，一倒就走，那时我正准备给他倒茶，待我回过头来时，他已经不见了，而那些山芋就在我的脚边滚个不停，直至半夜了，我仍然觉得那些红皮山芋在我的心中滚啊滚的，滚个不停……

86

和那些老师一样，我口袋里也学会带一块很大的方格手帕（用来替学生揩鼻涕的）；我不仅学会了打钟（钟绳和我年轻的身体随着钟声一起激荡），而且学会了在没有托板的钢板上往蜡纸上誊刻试卷，还学会了没有钢针笔用废圆珠笔刻试卷；上课前，我学会了用一只大搪瓷缸子倒上一缸子茶带到课堂（这其实是师生共饮的，防止学生去喝河水）；我还学会了如何节省粉笔，尤其是彩色粉笔，我会节省地用大拇指让最后的粉笔头在剥了漆的黑板上抹上隶体的一横……后来，我遇到我的师范同学时，他们都说我变了，开始我还不相信，后来我才明白是由于我的乡村学校，是它赠予了我榆树一样的性格，并学会了只在我们乡村学校才流行的俚语和特指的除了我们学校教师才明白的自制的歇后语。因为，我们学校是有风格的。比如我们学校那些鼻涕虎学生都张口会唱：“蓝色的天空像大海一样，广阔的大路上尘土飞扬……”这个曲子很老很老了，叫《青年友谊圆舞曲》，不用说，都是我们白头发的校长兼音乐老师用一架快塌了木板的旧风琴教会的。比如我们学校老师都会用扑克牌玩一种很复杂但很好玩的“捉乌龟”的游戏，那是一个雨夜，黑脸总务主任兼打钟工兼油印工用半个小时将我“速成”会的，而其他学校老师任我怎么推广也不会。我们学校的风格还有没有了？肯定还有很多，我要好好想一想。

87

在我们学校，只有我一个人是近视眼。在城市里，这是不奇怪的，可是，在我们学校，的确只有我一个人是个近视眼。我是有眼镜的，可是我不好意思戴。老教师们很奇怪，他们有时候兴致来了，就指着操场上，问我：“操场上是三只鸡，还是四只鸡？”我就窘了，眼睛眯起来，也看不清操场上究竟是三只鸡，还是四只鸡。或许，操场上一只鸡也没有。老教师们还模仿我看书的样子。当然，他们更多的是关心。有一次开完会，天黑了，他们实在想象不出近视是什么滋味，出门走路时，他们竟争相扶着我走，还一路提醒着我。前面是什么，左边是什么，右边又是什么。我在他们的心目中，就像是他们刚刚会走路的孩子。

88

我最喜欢做的事是月光下的家访。我不打灯笼，不提火把，也不带手电，月光照着我从一个村庄走到另一个村庄，与那些劳作了一天的乡亲谈一谈他们的孩子，乡亲们一口一个先生地叫着，叫得我心里很不安。老教师们说，要每家每户都跑到，都要给予鼓励，否则乡亲们认为，你漏了他家，是因为他的孩子一点希望也没有了，因为老师都不愿意来了。夜访回来，草上已经有露水了。月光下我谢绝学生的送行，怀着一颗喜悦的心在田埂上走着，身边有蛙鸣，有油蛉子的叫，有蛇叫，有逛来逛去的萤火虫。月华如水，我不时仰头看月，月亮素面朝向人间，这是一位未语先笑的佳人啊！有一次，我在月光下回宿舍，月光的幻觉加上我的近视眼，使我认为前面是平地，却不料是泥洼。我一下子陷了进去，好不容易把腿拔出去，却把鞋子陷在了里面，我又不得不下泥洼去摸鞋，待鞋子摸出来时我的双臂双腿全是泥……这是我记忆最深刻的一次家访，记得那天月亮是哈哈笑的，我真的听见了月亮的笑声，清脆、爽朗，笑声就是环护月亮周围的宝石一样的星星。

89

学校里的树长得很杂，好像一群长相不同的学生，有苦楝，有榆树，有合欢树，有野核桃树，还有高高大大的元宝树。它们手拉手，做了学校的围墙。合欢树一到晚上叶子就收拢起来，一到夜晚就瘦了，它的花期很长，云霞似的花朵和少年们脸上的红晕一样红。野核桃树有时结果（长条形的），有时不结果。元宝树会结元宝似的果实，后来我才知道，元宝树又叫枫杨树。两棵长得最快的枫杨树还竖有上体育课用的爬杆，一晃就够不着了。这群杂树好像校园里一群不听话的学生被罚站了，反省思过，想着，想着，就生了根，长了叶。还有像大羽毛样的水杉树，这些树总是在孩子们的读书声中摇头晃脑。秋天到了，它们落叶的速度多不相同（这与不同脾气的学生放学回家一样，有的急着回家，有的则慢悠悠地，摇着晃着到天黑了才回家），最先落叶的是苦楝，然后是榆树、合欢、枫杨。每当叶落时节，值日生的任务就非常得重，他们每天扫过一层落叶，又要扫一层落叶。一堂课下来，刚扫净的地上又是金黄的一层。高粱秸秆做的扫帚都扫秃了，这一学年的第一学期下来总比第二学期费扫帚，这其中就是因为秋天。秃扫帚不能扔掉。叶子落完了，又该刷石灰水了，为了防冻和防害虫。那些秃扫帚又该派上用场了。石灰水是用粪桶和的，一些男生负责抬（他们一般是因为偷核桃树上的野核桃被处罚的），我和班长负责刷，一棵又一棵，细的树干，粗的树干，斜的树干。刷了好几天之后，才能轮到水杉树。秋天水杉树的颜色已经变了，变得猩红，一阵风来，细碎的水杉树叶就像寸发一样落下来。每刷一次，学生们的头发上落得都是猩红的水杉树叶。红的头发。白的树干。待学生全部刷完，我发现树都发出了奇异的光芒。孩子们都说“树穿白球鞋了”。有时夜里我出来散步，全校园的树都穿着白球鞋站在我身边。是不是它们刚系好了鞋带，准备跑步？或者，它们已跑了一阵，看到我出来，就停住不跑了？

90

所有的落叶乔木都落尽了它应该落的叶子，校园里显得空旷了好多，也亮堂了许多。亮得不可思议。我坐在教室里开始还不适应，有点慌张，为什么会这么空，这么亮？风从外面吹过来，吹得北窗上钉上的塑料薄膜一阵又一阵响，少年们又归于了安静，好像再也没有爬树的学生了。下课铃一响，留鸟们就很自觉地让开，它们飞到教室顶上，像是少年们扔上去的土坷垃。再一上课，这些土坷垃就活啦。留鸟们落在树上，影子落到地上，像音符栖在五线谱上似的。雪还没有来，它们想唱什么歌？我觉得今天要有信来。一封来自远方的信，还有我的诗歌，那个喜欢戴草帽的邮差应该换了帽子了吧。

91

下雪了，大家都舒了一口气，雪映着上了石灰水的树干有点黯淡。天一放晴，我的穿棉袄棉裤的学生们就变成了胖狗熊，打雪仗，滚雪球，在地上像狗一样撒野。玩得不过瘾了，就看上那些待在玉树琼枝上的积雪。他们用力蹬一下树干，然后快速地离开，这样，树上的雪就冷不防地打在下一个人身上，树很多，学生们兴致很高，我也曾被学生灌了满颈的雪。谁也没有料到的是，有个学生用力蹬了一下树，雪就把匆匆赶路的校长打了个正着。校长成了雪校长，待校长把雪全都抖开来，身边一个人也没有了。这一次，校长没有发火，而是学着学生样，用他的雨靴蹬着树，调皮的雪从树上落下来，像是又下了一场雪。落到地上的雪就老实多了，乖乖地任校长用大铁锹把它们铲到树根那儿去，一节课下来，每一棵树都穿上了特大号的白球鞋。

92

平时我们学校醒得最早的是那些树上的鸟，其次就是我们校长。有时我们走进教室时，校长已站在我们教室门外，看着叽里呱啦的学生读课本了，弄得我们都像一个个迟到的学生，那时学校里的铜钟还静静地睡着呢——它还没有到醒来的时候。校长在办公室里可以和我们称兄道弟，可在学生面前不，一般得我们先叫他一声他才缓过脸来，然后嗯的一声走开，似乎威严得很。如果夜里风大，树上的树枝和落叶多了些，他就到每个教室叫上几个学生（通常是女生，女生比男生听话）出来扫地，让学生把树的影子扫得像他一样清瘦。每当此时，他身上就多了些形式主义。对于我们学校来说，这是世界上最为亲切的形式主义。

93

一位学生家长运来一船胖娃娃一样的冬瓜，足有三千斤。开始我们还以为他是小商贩，后来才知道他是学生家长。他也不问我们同意不同意，就把冬瓜往我们食堂门口搬，越搬越多。黑脸总务主任闻讯赶到时，冬瓜已堆成一座小山了，他误以为校长同意的，还主动帮助搬，搬了一会儿，觉得不对；他又去找“失踪”的校长，校长找来时，三千斤冬瓜已全部搬上了岸，刚才还吃进水线里的水泥船一下子浮了上来。“就这么三千斤冬瓜，”乡亲结结巴巴地说，“我只想它抵一百五十块钱，先生，我只想它抵一百五十块钱。一百五十块钱等于三千斤冬瓜。一斤冬瓜五分钱。”这乡亲数完这账之后，又从怀里掏出皱巴巴的一叠纸币，共两百块钱。这三百五十块钱，是他儿子这学期全部学杂费。就这样，三千斤冬瓜吃了半年，还没吃完。那一百五十块钱，是从我们几个教师工资中（分几个月）扣的。黑脸总务主任还多炒了几个花样，什么酱烧冬瓜块（黑脸总务主任称为酱肥肉），什么辣烧冬瓜皮，什么冬瓜烧豆瓣。后来还是一位师娘想了一个办法，把冬瓜切成块腌成酸冬瓜——用水蒸一下，像四川泡菜样，配上辣椒，味道还可以。这酸冬瓜还有很多，一想到它，胃里就禁不住冒酸水，什么时候才能把这些酸冬瓜吃完呢？

94

有几个老先生体罚学生的方式巧妙，他们还有绝招，体罚完学生，学生还会觉得自己没受体罚，这就是他们的经验与秘诀。这几个老先生很有尊严，无论多调皮的学生，只要听见他们的咳嗽声，都会立即安静下来。老先生体罚学生主要是让学生自己往办公桌上甩手掌——这比起那些暴躁的家长来说，真是小巫见大巫。农村生活枯燥，单调，加上农忙季节到的时候没日没夜，调皮惹祸的孩子，不会做家务的孩子，就会遭殃。有的乡亲忙急了，即使不调皮也很会做家务的孩子也会遭到殴打——还叫作“煞火”！煞了大人的火气，我的学生们就会留下大大小小的纪念。有的乡亲下手很重，我亲眼看到一个学生肿了半个脸来上学。还有一次夏收刚过，有个女生瘸了，一问，是家长用脚踢的，不过这些孩子好像并不羞耻，照样在学校里追逐，打闹……我看着有点心疼，这乡村暴力的种子，就这么轻而易举地种下去了，但愿它不要发芽，不要开花结果。

95

这个少年反应总是有些慢，好像总不搭理人，穿着也不好。这一点可以看出他的家境。那么差的家境也没有阻止他养得胖乎乎的，这也算是乡下生活的奇迹了。他成绩不好，也不差，中等的样子，是班上那种让人放心的学生。如果班上有人闯祸了，最不被怀疑的就是他。或者说，班上的女生都比他还调皮。而就是这样一个学生，被学生们取名为“聋子”。这是一个侮辱性的绰号。学生们叫他，他不应，也不气恼，还是那么木木地看着黑板，然后做作业，连上厕所都很少去。我去他家做家访的时候，他母亲在家，父亲不在家，然后他母亲就说出了他耳朵不好的真相，是被他父亲一巴掌打坏的。打坏了之后还去看的，可没有看好，也就这样了。他坐在一边，知道我们在说他，眼睛眨巴眨巴地看着我，我的心一下子痛了起来。在家里，父亲打他。在学校，那些还不知道好歹的学生欺负他。我开始找他的长处，我发现他早读课表现很好。我就走到他的桌边，先拍他的肩，然后指着书上一段，让他读书。他明白了，开始读，开始读得很慢，有点结结巴巴，再后来就读顺了，再后来我想不到，他越读越快，都没有句读了，像是在唱诗，学生们居然没有笑——这个学生声音洪亮，读得很投入，我都看到他的扁鼻子上的汗珠了。从这件事以后，他活跃多了。我把他定为领读小组长。他原先蔫下去的性子好像不见了，下了课也不蹲在教室里了，而在外面与其他学生追逐，不过他耳朵依旧不好，他在领读中经常读错了音——也就是生字的读音。没有办法，我只好免了他的职，让他管卫生。他的卫生管得不是太好，看得出，领读组长之事对他打击很大。他也不太爱抬头看黑板，只是竖着耳朵在听，像一只惊慌未定的兔子，只要听见了任何风吹草动，就立即会窜出教室去。后来，他果真窜出去了——他父亲让他去学金匠——是花了大价钱拜了师傅的。他父亲想赎罪。而我，总觉得他还在我们班上，每次早读课，我在教室外竖起耳朵听，我总听见他在里面声嘶力竭地读书，这是过去他每天最为兴奋的时刻。

96

这个少年有一根小鱼叉，比正常的鱼叉小得多，但也足够威风凛凛的了。在星期日，他手持鱼叉，目光炯炯，在河边挥来舞去的样子，像一个决战中的将军，他身后还背着一只鱼篓。他看见了我，也不叫我，低了头，匆匆地走了。快要停课期中复习了，我听说了一件事，村里有个孩子被一根鱼叉戳伤了，鱼叉就戳在这个孩子的屁股上。我认为是这个少年惹祸了，这下他该接受教训了。可我没有料到，是别人的鱼叉戳伤了这个少年。原因很简单，这个少年带领一群部下，泅到邻村瓜地去偷瓜，被发现了，他指挥部下撤退，自己断后——其结局是承包瓜地的山东人用鱼叉戳在了他的光屁股上。他在我的复习课上只能站着听课，他不能坐下，也不能乱跑，他的屁股上该有一个七颗星的伤疤了，是不是像北斗星一样？

97

我曾见过我一开始当老师那几年教的学生，他们与我年龄差得不是太多，从学校出去几年已经长高了，长黑了，脸上的皱纹比我还深。这就是农村生活的另一面。我一想起，就禁不住叹息。生活改变了我，也改变了我的学生。我常常想起他们在学校的样子，他们都是一些少年闰土啊，月亮，沙地，银项圈，少年闰土，你为什么就让生活这只獾从胯下蹿过去了呢？其实我怎么能够责问他们呢？少年们总是要长大的，就像我的忧伤，我的快乐，还有我的痛苦。我在秘密中写下的诗歌，都要跟着这单调、寂寞和缓慢的乡村生活一起向前走。

98

这个秘密枪库就是我的一只抽屉，平时锁着。所有的“枪”都是我“清剿”过来的。少年们对待我的“清剿”开始还不适应。如果是芦柴枪或者泥枪丢了，他们还无所谓，如果是塑料的仿真手枪被我没收了，下课后他们会自动地站在我们办公室门口，他们知道我的脾气，我会问他们，一问他们，他们就飞速地把一张皱巴巴的检查书塞给我，然后就哭，眼泪止不住地往下流，我心一软，就会把他们的武器给他们。有时候他们还会“坚壁清野”，书包里没有，而藏在了身上。课间拿出来玩，上课时再藏起来。还是校长眼尖，有一次他在我搜查之后再进行第二次搜查，结果还搜出了三把仿真手枪。校长手一勾，那仿真手枪上的灯就红的绿的光闪烁，还哇啦哇啦地叫，孩子们一个也不敢笑。校长让那些手枪的主人上来，命令他们往地上摔，有两只手枪立即摔哑了，摔碎了，有一支手枪仍然在叫，校长的大脚踏上去，那支枪立即哑了口。有一次下课，我打开了这个秘密枪库，握住了一把枪，用心瞄准窗外树枝上的一只麻雀。结果呢，真是无巧不成书，从窗外居然露出了一张脸，那是被我缴了枪的少年的脸，他冲我笑了笑，露出了口中掉了门牙的上牙床。

99

两棵泡桐是我们学校里最高大的植物。它们明显高于其他树，像我们班坐在后面两排的两个男生，他们个子蹿得特别快，与那些小个子的学生站在一起说话，总是要俯下身去。泡桐是大大咧咧的，只一夜工夫，紫色的桐花就开得满枝都是，树上像是多了很多铃铛似的。叮叮叮，叮叮叮。摇来摇去，铃儿太多了，也太响了，枝头都弯了下去。随后也一夜工夫，紫色的桐花就啪啪啪地落了一地。秋天的时候，泡桐的落叶惊心动魄，一只手掌样的阔叶子落到地上，咚的一声，好像一个人从树上跳下来似的。它们这么一跳下来，秋天真的到了，我又老了一岁，他们都叫我小先生，其实我已经不能叫作小先生了。

100

我们学校的操场是泥操场，一下雨，操场就泥泞不堪。一群赤足的少年跑过来，又一群赤足的少年跑过去，少年们的脚印相互交叠，像一幅简单明了又深奥莫测的水墨画。不必担心泥操场会凹凸不平，只要快乐还在，那些机敏的，精力充沛的少年们还会用光脚丫把泥操场踩得比水泥地还平坦。做广播操的时候，孩子们在操场上一字排开，他们的影子也一字排开，多像是种在操场上的棵棵水稻。而上体育课或放了学，孩子们则像是在大地上四处奔跑的兔子。有时候我站在泥操场边，会听见他们咚咚的足音，像是大地年轻的心跳。

101

操场上的灰扬起来，有一群跳皮筋的女生，她们的腿一上一下，橡皮筋就随着她们的腿弹来弹去，空气中有什么东西在漾动。我忽然发现，那群跳皮筋的女孩中有一个男生，一个男生居然把皮筋跳得那么好，手腕上的银镯在阳光下一闪一闪的，皮筋已搭到肩上了，他的腿还能够勾得下来。后来，他看见了我，慌张起来，再也没有勾得下来——他失败了，失败的人应该负责扯皮筋，可是他没有，反而窜走了。我还听见了女生们的责怪声。真是不好意思，由于我的惊奇，把一个男生的游戏和快乐打断了。

102

有一次，一只浑身是泥的猪站在我的教室门口，不走，还站了半天。我又不能停下课来赶它，只好讲课，学生们开始有点分心，后来还是进入了角色。不料这猪好像气管出了点问题，要么就是听不懂瞧不起，不停地对我的讲课发出哼的声音，听起来不屑与不满都有，之后还摇摇尾巴，我还担心它最后用一泡猪屎，替我这堂课做个总结，幸好没有。这猪属于典型的浪子，自以为有点家底，还扬扬得意，当仁不让，就连遇到我们德高望重的老校长也不理睬。有一次，因为一只山羊，我看到我们校长发火了，他用力拽着山羊的角往外赶，可山羊的犟劲上来了，就沉着步子不走，还屙下了不少句号似的东西。弄得校长很没面子。他松开手，大声地呵斥："你哪里是羊，你分明是披着羊皮的狼！"

103

那些胆子稍小一点的鸡鸭鹅之类的家禽在没有见到我们校

长之前，总是喜欢发一些议论。啊啊啊。咯咯咯。鹅鹅鹅。像吊嗓子似的。不过只要校长一出现，大声一吼，跺一跺脚，它们就会没命地逃，还拍打着翅膀。有一次，校长还把一只鸡追得飞起来，最后这只终于飞起来的鸡飞到了教室的屋顶上。这只鸡飞上屋顶就没有再敢飞下来，它不安地在屋顶上走了整整一天，像一只野鸽子。不知道它是怎么飞下来的，是不是待放学铃响了之后才飞下来的？真的不知道，后来大家就把这只想做鸟的鸡给忘了。

104

喜鹊，它们往往在清晨到来时，给我们带来一天的好心情。鹧鸪，它作为业余气象预报员，在树上定时叫着，就是让我们的学生下午要带雨衣。它们只是来尝试尝试，说来就来，说走就走，不通知我们。有一天，我们学校的上空还飞过一对灰鹤，学生们都说看见了丹顶鹤，还把这事写到了作文里，我没有纠正他们，兴许是我看错了呢。在此之后的某一天，我居然在梦里见到了一对丹顶鹤飞过了我们学校上空，悠悠的，好像它们不动，而我的乡村学校在动。丹顶鹤的丹红之顶，就像一粒饱满的草莓，或者就像是从清晨带来的朝霞。是鹤，不经意间，让我的内心空旷了许多。

105

雨一下，操场上的癞蛤蟆们就多了起来，它们只能算是借读生了。学生们有点瞧不起它们，还捉弄它们。所以这些备受歧视的借读生就有点破罐破摔了，只要一下雨它们就跑到操场上、教室里乱喊乱叫。跳到这儿，跳到那儿。它们其实是来捉虫子的。它们像用橡皮擦试卷的孩子，试卷都擦破了，却还在擦，多了很多赌气的成分。我曾对学生说癞蛤蟆是庄稼的朋友，可学生们好像没有听见，他们天生对癞蛤蟆有偏见，还用棍子把它们赶出校园。可不一会儿，癞蛤蟆们还是拼命爬了回来，还爬到教室里来，仿佛默默地说：我要上学！我要上学！也有不怕癞蛤蟆的学生趁机用癞蛤蟆恐吓女生，女生们的尖叫令这些另类的借读生更加自卑，它们驮着笨拙的身体，向草丛多的地方艰难地爬去。不过这种恶作剧不是太多，大家都说癞蛤蟆身上的浆泡是有毒的，这也是癞蛤蟆们的武器，怕长难看疣子的男生还是挺顾忌的。

106

学校有很多麻雀和老鼠，它们总是像学生们的错别字一样麻烦。麻雀们主要寄宿在学校的树上，老鼠们主要居住在地下，有一种上下床的关系，但它们还是井水不犯河水的。麻雀们白天叽叽喳喳地说话，即使在自习课上也不能住嘴，它们像雨点一样飞起来，又像雨点一样落下去。或者像地上的一粒粒土坷垃醒了，长了翅膀飞起来了。麻雀们总令我们目光有点湿润。老鼠们则与麻雀们相反，有一种“日不做夜摸索”的懒劲。它们白天蛰伏，晚上则从集体宿舍里窜出来，从校园的一角狂奔到另一角去，有时还成群结队地在操场上搞正步走。在纪律没有人监督的情况下，它们越发放肆，还围攻并咬坏了校长精心收藏的报纸。黄鼠狼是老鼠的天敌，它有点像集体宿舍的舍长似的，管察看那些老鼠，有了它，那些“不良少年”就老实多了。老鼠的天敌还包括了我的学生们，我的学生们打老鼠也特别有本领，他们曾从操场上的一只老鼠洞里挖出一窝粉嘟嘟的幼鼠，每一只幼鼠都还没有睁开眼睛呢。

107

泥操场上的野兔过去是很多的，后来就少了。我曾经撞见过它们，可被学生们发现后就立即走了，再也没有回来过。像那些因故辍学的女生，再也不朝学校走近一步。她们内心是爱着这个学校，爱着同学们的，还有那些关心过甚至批评过她们的先生。她们往往在校外的路上一见到先生的影子，就迅速地躲起来，像野兔一样躲到了草丛中，无数个在学校里认识的字与词就像草籽一样无穷无尽地落下来，落到她们的发丛中，脖子里，还落到了她们的眼睛里。

108

有学生在操场上拾到一只瘸了腿的野鸟交到办公室里。这是一只谁也没有见过的野鸟，个子不大，有翅膀，脸却像个猴子。乡亲们也没有见过这种鸟，都纷纷来到学校里看这只奇鸟。上课的学生一个劲地在课堂做严肃状做认真状，他们要做样子给他们的父母看。奇鸟不吃米，也不吃饭，倒是喜欢吃生猪肉，而且一天要吃半斤猪肉。校长还给这只奇鸟的腿部进行了包扎。有一天，奇鸟没有跟任何人打招呼就飞走了，成为没有原因的流生。很多学生听说后都怪校长，是校长故意放走的。校长说，是故意，它吃了一个月的肉，我倒一个月不吃肉了。校长说的是反话。奇鸟走后他经常仰望天空，我们都知道他盼望那奇鸟回来。奇鸟一直没有回来。有时候想起来，都好像我们做的一个梦了。后来查了书，才知道它是一只猴面鹰，属于国家二级保护动物呢。后来又来了一群奇鸟，校长认识，是白鹭，它们是插秧季节来的，居住了好一阵子，我们享受了它的飞翔，也享受了它的鸟粪式的热情。后来，它们也飞走了。每天晚上，学生放学，我回到我的宿舍，打开日记本，我就听到了窗外的月色中有翅膀拍打的声音——不用说，肯定是它们在用力地坚定地向前飞。

109

学校大部分时间是安安静静的，即使有鸟鸣，有朗朗的读书声——其实有了这些声音，反而令学校的寂静有一种说不出的幽深。有时候我在林荫道上行走，被远处一团又一团涌来的油菜花香和槐花香拥抱，我会忍不住叹息一声，随后，我的这一声叹息就快速在林荫小道小跑开来，想拦都拦不住，我捂住了口，仅仅捂住了满口的花香。我的叹息是吵不醒乡村学校的寂静的，学生的童音也划不破这寂静，只有放学时那阵喧闹，它能把乡村学校的寂静掀起一阵微小的波澜，随后还是它，寂静这个词语在解释……

110

新学期开始的时候，我让学生们写作《新学期的打算》。我的班长一口气写了十条，其中有一条是："我保证以后不再不文明。"我有点看不懂，后来想起来了，班长是记住了暑假的事。这个班长是我选定的，他不太像我原先在城里实习的那个班的班长；城里的班长都是一些小老师式的，能说会道，有魅力有能力；而这标准对于乡村学校只能是苛求，我选了一个比较老实本分成绩又好的学生做了班长；这样的班长要放在城里只能算作是学习委员，而在我们学校，他能算得上楷模。就是这样一个小班长，我在暑假里见到他时，他正和一群少年从一棵斜生在河面上的杨树上往下跳，而他身上一块布纱也没有。我本想站在那儿悄悄看他游一会儿，后来，可能他在河上看见了我，他就扎猛子下潜，呵，他晓得害羞了。

111

暑假仿佛是另一扇大门，我的学生进了这一扇大门后就换了一身羽毛，连飞的姿势叫的声音都不同了。我曾经在乡里集市上遇见了几个卖螃蟹的黑少年，螃蟹是用芦草扎的，一串一串的，分明是他们从螃蟹洞里掏出来的——不知他们有没有从类似蟹洞的蛇洞里掏出蛇来？这些胆大的少年一见到我，个个像黑猫一样溜走了，有一只螃蟹没有带走，他们为什么不把这只螃蟹扎到蟹串上去呢？我又不好问什么，那螃蟹在我面前吐着不服气的泡沫。9月份开学时，暑假这个魔术师把上学期刚刚被学习“捂白”的学生又变成了黑泥鳅，他们似乎全身都是泥水，而要洗去他们身上的泥水，就必须在第一堂课就给他们套上笼头。所以在第一天上课，我就有意把两节课连上，第一节课黑泥鳅们还可以，到了第二节课，很多孩子的屁股就坐不住了，仿佛凳子上有针戳他们似的。我没有松懈，为了收拢他们的心，我必须做出不苟言笑的样子，把暑假那扇门彻底地关上，而把纪律和学习的门为他们打开。

112

早晨起来，我走进办公室时，昨天我刚抹平的作业本卷角又微微卷起来了，像一个闹钟没闹醒，而又换了一个姿势睡眠的孩子。我又忍不住翻了翻，其实早就改完了，我还以为我一本也没改呢。我放下作业本，这群长了一对招风耳的孩子……有时候，我坐在办公室里，就喜欢翻阅着我刚批改完的作业本，我把那些卷了角的作业本抚平一遍。每个作业本的主人都在我的头脑里过了一遍，我甚至可以想出他们此时在课堂上的样子。其实每次改完了学生的作业本，我都会把学生们作业本上卷了的角一一抹平，还用几本书压上。标点符号又错了，错别字更是层出不穷，屡教不改。错得千姿百态，别得十万八千里。此次错，下次还错，固执得一模一样。还有抄作业……有的学生的字像风一样一侧倒，有的学生则把笔画伸到了格子外面了。有的学生的作业本封面干干净净，有的学生作业本上则像是拖了鼻涕，或挂了一两粒没有揩净的饭粒。有时候改完了作业本，天已经很晚了，我就拍拍它们，然后把它们丢在办公桌上，卷了角的作业本就这么睡了……回到家里，不知怎么的，还想着那些作业本，在梦里我又开始改作业本了，一本作业本也不卷角，崭新的，像一个队伍正在等待我检阅。

113

学生们都说，每一学年的第一学期长，而过了年后的第二学期则短得多。这其实是错觉，我告诉他们，应该是一样长的，不信可以掰起指头算算。学生们开始还不信，后来算了，算来算去，真是差不了几天的。这些少年，没过年时掰着指头盼过年，过年只是一眨眼工夫，之后又是春天。春天是什么？春天是他们的墨黑墨黑的头发丛中的晶亮的汗珠，沁得快，消失得也快，留下芳香的诱人的汗腥味儿。我喜欢他们的错误，也喜欢他们的成绩。

114

春天又来了，这一点可从操场上的土质来证明，冬天的土质是坚硬的，拒绝式的。而过了正月，初八初九开学报名，穿着各式各样的布鞋的孩子踩到操场上的感觉就不一样了。每一双小脚挪开，操场上松软下来的土都记录着新鞋上密密麻麻的针脚呢，调皮得很。我有时候就喜欢与少年们的小脚印平行走着，大脚印追赶着小脚印，怎么也追赶不上似的。捧着刚发的新书的少年一边吵着，一边闹着，“书真是香”。书怎么能不香呢？不一会儿少年们如潮水般退去了。我却遇见了一个“搁浅”在操场上的少年，他愁眉苦脸地看着不远处。我抓住他：

"怎么啦？怎么啦？"他不回答我，看着书，又叹口气。我知道这个孩子心里在想什么，又要上"紧箍咒"了。我拍了拍他的肩，他的肩往下一沉，抱着新课本歪歪扭扭地走了。操场上布满了大脚印、小脚印，像刚播种下去的种子。不远处的草垛还戴着残雪帽子的，怎么一下子就不见了呢？潮湿湿的草垛顶像是刚刚哭过似的。办公室里静悄悄的，一个春节过下来，连办公桌们也知道长高了。我在新教科书的引导下写下了第一份备课笔记。草垛顶上有一群孩子在滑草垛。草垛似乎变矮了，不像草垛了。这些顽皮的少年只要没人打扰他们，他们会玩上半天。经常有少年在开学第一天就站到我面前，带着哭腔："先生，我的新书丢了。"他们的新书哪里是丢了，而是也躲进草垛里捉迷藏了。每一个新学期开始，我会收到不少拾书不昧的女生发现的新书。它们被送到我这儿来，我也不知道是谁的。它们还没来得及被主人号上自己龙飞凤舞的大名就被弄丢了。开学第一天，春天第一页，我和我的学生都有点羞涩。过了一年，长一岁了哇。我们都长了一岁。教室长了一岁。黑板长了一岁。课桌长了一岁。歪了头的树长了一岁。那座稻草垛同样长了一岁。下午，我把水缸里的水泼到操场上，清冷冷的水一下子就涌向了那些脚印，这些大脚印怎么一点也不知道躲开呀。这是两岁的水啊，两岁的水扑向了一岁的小脚印。"当两岁的水遇上一岁的小脚印……"这是一句诗呢。我挑着担子开始到河面上担水。青青的河面上泛着青青的鱼鳞，它们也刚刚开学。我让新鲜的刚开了学的水注入我的水桶，随后，又注入一桶。黄昏就来临了。还没有来电。我点亮了我面前的罩子灯，在灯下看了一会儿书，就困了。又一天了，又一年了。我在梦里梦见了什么。外面起大风了，浩浩荡荡的春风，就这么吹了一夜，把我心中的忧郁都吹走了。早晨起来，风停了。操场上平平整整的，那些大脚印小脚印都跑到哪里去了呢？我再看看打谷场，打谷场上空荡荡的，似乎少了一些什么。肯定少了一些什么。草垛被刮走了。我看到背着洗得干干净净书包的学生们蹲在打谷场上，他们肯定不明白，草垛到哪里去了呢？我估计它们肯定是飞走了，是自己飞走的，就是不能说出来。让孩子自己去想吧。我中午到打谷场上看了看，蹲草垛的地方又有青青秧苗了呢，一定是稻草中没打完的稻种干的好事。

115

开学第一天，春天第一页，孩子们坐在去年的位置上，叽叽喳喳的，位置要重新排啦。去年男生坐在前面的，而过了年，那些小男生明显个子高多了，一个一个地蹿上来了。我想，这学期可以男生与女生混着坐，再过一年，小男生们会蹿得更高，也不太肯与女生同桌了，男生们纷纷往后移，女生们都移到教室的前排来啦。真像是在春天里，绿草地上的一群花朵故意挤到了人们的眼前！你们看，你们看，这就是春天！

116

到处是疯长的草，这些草要在学生们离开校园的暑假两个月里，完成它们短短的一生。校园里的钟声沉默着，7月里它沉默了一个月，到9月它还必须沉默一个月，曾经那个勤奋的钟声啊，为什么沉默如此长久？还有那布满灰尘的草椅，墙壁上一两句学生写下的稚嫩的粉笔字。我赤着脚散步，还是有一些足音，有些散漫，有些随和，没有人注意你，一个没有学生的教师，此时正如一个新入校的学生焦急地等待。我仿佛忆起了我的十八岁，我和我的十八岁走进了乡村学校……乡村的寂寞，寂寞中的坚持，我们热爱的书本与诗歌，停电的时候满鼻子的劣质烛油味儿……晚饭花就要开了，谁能够知道我秘密的心事呢——我多么希望我能够和晚饭花一起开放。

117

仅仅一个暑假，操场上就长满了各式各样无组织无纪律的草，9月开学，学生们最初几天的功课便是劳动：拔草。草被拔出了一堆又一堆，有的草扎得很牢，学生用带来的小铲锹要围剿很长时间才能围剿完。各班把草统一抱到校园的一角晒，晒干了正好送食堂当柴烧。晒草的某一天中午，我捧着新发的教科书回到宿舍，我突然被一阵浓烈的草香味所打中，简直不能自持，草怎么可以这么香啊！——再想到上半年去世的诗人海子，我的眼泪就这样流了下来。

118

那天晚上，我刚用眼神浇完了书（朋友来信说：“读书的眼神就像浇花一样……”），就用水壶给我的晚饭花浇水（这是春天时老教师给长得太密的小晚饭花间出来的苗）。此时晚饭花的开放已到了高潮，这与学校的晚饭花有了呼应，晚饭花香越来越浓了。我的宿舍里堆放着各式各样的纸。以前的备课笔记。学生的试卷。练习簿。班级日记。花名册。报纸。还有我这么多年像燕子衔泥一样从外面邮购来的书（这里我买不到我要的书）。这时，我听见了宿舍里的蟋蟀一只又一只地叫了，开始我还不知道有几只，我的耳朵里全是它们的歌声，像是重唱，又像是回声。后来我听清了是三只，三只蟋蟀在伴奏——而我，则是这无词曲的主角。我想起童音颤颤的学生们，还有头发越来越白的老同事们——那么多的寂寞时光，就这么变成了三只蟋蟀。

119

下第一场雪的那天晚上，我正在读书，不知道为什么，我突然想到了死亡。假如我死后，我的书会不会散落各方——我那么年轻，居然那么伤感。我在乡下见过许多离开主人后面目全非又不被珍惜的书，这是多么没有办法的事。想到这个问题不禁让我泪流满面，我裹紧了那已掉了带五星纽扣的黄大衣，那个晚上，雪下得可真静啊，静得我内心一阵喧嚣，又一阵喧嚣。

120

清晨时分，红彤彤的太阳从远处防洪堤外缓缓升起，从学校里看去，像是系在高大梧桐树上的一枚气球。所以，从学校门口一丛冬青树中走进学校的少年首先看到了一个逆光中的校园。无数颗露珠在泥操场上闪烁。在看到校长匆匆走向铜钟时，多少小鞋子就急急地奔跑起来，此时是露珠浸入灰尘的味道，一股新鲜的泥腥味就溢满了整个校园。仅一会儿，树叶上的露珠就被少年们朗朗的读书声一一震落，泥腥味似乎越来越淡，而露水的清香就开始荡漾……整个校园像一桶刚提上来的清亮的河水，在晨阳下晃啊晃啊，然后渐渐地静住了，一个夜晚的睡眠就被露水们澄清了。快要下早读课了，我就从教室里踱出来，走到教室外的走廊上，然后倾听铃声敲响的那一瞬间。教室里的朗朗读书声一下子静了下来，然后就有第一个黑乎乎的脑袋从教室门外钻出来，迟疑了一会儿，像一条探出河面的小鱼，最后还是窜出来了，游进了歇了一个夜晚的操场。泥腥味又溢了出来。如果逆着阳光，我可以看到灰尘在阳光下升腾着，起伏着，欢乐着。少年们可不管这些，在追逐，在跳绳，在踢毽子，我都看到他们面颊和颈脖上细腻的茸毛了，像还没有长成的黄瓜似的，也像初春。

121

在乡村学校，只有钟声是不甘寂寞的，它们平时像芝麻一样，坐在芝麻壳一样的钟壳里，每四十分钟放一次学。一旦把这钟声之门打开，这些钟声就会毫不犹豫地往田野里奔跑，跑过棉花地，跑过稻田，跑过打谷场，然后在准备偷渡另一条大河时，却被后面赶上来的一群气喘吁吁的钟声抓住了，回去！回去！要上课了！要上课了！课间十分钟怎么这么短啊！但有时候，钟声就这么跑掉了，不知跑到哪儿去了，像一些逃学的学生。女生最瞧不起逃学生，她们一边甩着羊角辫，一边跳着皮筋，还唱："逃学鬼子，板凳腿子……"一张板凳长了四条腿，板凳长了腿当然逃得快啊，板凳驮着钟声跑到哪里去了呢？

122

黑板是用水泥抹在墙上的，用黑漆刷一下就成了。这水泥黑板不比木板底的黑板。水泥底的黑板不太好写字，粉笔在上面走有点滑，更是难为了那些黑板擦。不论值日生怎么擦，左擦右擦上擦下擦都擦不干净，有的还糊在上面了，所以后来再写就不清楚了。有的值日生（尤其是女生）责任心很强，下课用手绢沾了水来洗，黑板洗是洗干净了，但黑板上的疤纹都露了出来，像多了皱纹似的。惨不忍睹。每一学期，总务主任都亲自用油漆刷一遍，刷后的黑板黑是黑，只写一遍，值日生来擦，又糊起来了，就像漆黑的天空突然起了万里风云似的。黑板真的是老了。怎么能不老呢？黑板都有三十岁了，比我的年龄还大呢。三十岁的黑板该退休了，可它还在坚持着，它总是越过我的后脑勺，去迎接少年们的黑眼睛，它在少年们的眼里，依旧是那种新鲜的漆黑。

123

寂静是乡村学校的耳朵，它总是替我们收集白日里最令我们容易忽略的声音，比如一阵拍巴掌的声音以及两个人的合唱：“你拍一，我拍一……”比如一个声音在对什么说：“快快，听话，睡觉。”我猜了半天，猜不出。脚步奔跑的声音，先是急促的，然后放慢了，扭成一团，快乐飞溅的声音。还有一个女童音在喊同伴，声音脆而尖。一个少年在领读，一群少年在跟读。我原先的声音有了皱纹，而少年们的声音像春风似的，渐渐地，我声音中的皱纹就没有了。如果我再开口说话，肯定猜不出我的年龄了。脚踝上铃铛的声音。破风琴的声音，又像叫又像笑。口哨声。广播体操的声音。眼保健操的声音。一二三四。校长在大喇叭上说："下面播送一个通知，下面播送一个通知……"这肯定是紧急通知了，否则会写在小黑板上的。星期天，乡村学校一下子静了下来。我依旧在清晨就醒了过来。没有读书声，只有鸟叫。有的叫得一串一串的。而寂静的耳朵却把平日里的声音又回放给我的耳朵听。我看着我面前的闹钟，跑吧，跑吧，跑快点，我有点不喜欢这星期天的寂静了。现在，少年们把他们好听的童音说给什么样的耳朵听了呢？

124

晚饭花是一位生病的老教师种的，此时他正在外地治病，而由他亲手种下的晚饭花开得到处都是。本来是两种，一是黄色，一是红色，但开着开着，就出现了奇迹。有些晚饭花一半是红瓣，一半是黄瓣；有些晚饭花花瓣四分之三是红色，而只有四分之一是黄色，或者相反；有些晚饭花一枝上是黄色，另一枝上却是红色……这种植物的奇迹，也许只有我们学校才能出现。还有一个奇迹，就是它们的开放，只一恍惚，环绕在学校各个角落里的晚饭花好像都不见了，或许你没有注意到它们，它们在我们最软弱的时候齐约好了开花——像校园里的钟声一齐响了，现在我身体中的某些东西一下子冲出身体的教室，头也不回地走了，走到了草丛深处。我惊讶地看着那些红的黄的像小鸡嘴一样张开的晚饭花，它的清香不断地涌出，令我不由打了个寒噤。这是一所长满了晚饭花的乡村学校，一所朴素得如空中花园的乡村学校。这所将带着群花一起睡眠的乡村学校，多像是带着一群星星睡眠的夜空。我愿是这星空下一滴微亮的露珠。

125

我有一盏擦得锃亮的玻璃罩子灯。鸡蛋也不比过去贵多少，一只一毛钱左右，我也用一只铝盒吊在罩子灯上煮鸡蛋。（这是老教师教的一个方法，“我们过去比现在的你苦多了，不过我们有我们的办法。我们一边用钢板为学生刻讲义，一边在罩子灯上吊个铝盒煮鸡蛋。讲义刻好了，鸡蛋也煮好了”。）我从装蜡纸的卷桶中抽出一张蜡纸，然后在钢板上铺平，用铁笔在上面刻写（如果铁笔坏了还可以用废圆珠笔芯写，不过字要粗些）。吱吱吱。吱吱吱。蜡纸上的蜡被铁笔犁得卷了起来，吱吱吱，又一层蜡纸被我的笔犁得卷了起来。一排刻好了，然后把蜡纸从钢板上剥下来，再往上移，还可以透过罩子灯的灯光，看一看自己的字写得如何……吱，吱，吱，又新鲜又痛快。往往是一张蜡纸刻满了，铝盒里的鸡蛋也差不多煮好了。

当我刻完蜡纸，剥着鸡蛋（鸡蛋很烫，需两只手来回地翻滚），我心中蛰伏已久的青蛙就呱呱呱地大叫起来。我不知道我刻写了多少蜡纸，用了多少张钢板（正面反面都用过）。我牢牢记住了蜡纸的品牌叫“风筝牌”，铁笔、钢板的品牌叫“火炬牌”。风筝与火炬，正是我寂寞的心所需要的。我开始刻写蜡纸的字并不好看，用校长的话说，像一阵风吹倒的。他还指导了我如何利用钢板的纹路刻写讲义。

冬天来了，我去县城人民武装部商店买了一件黄色的军大衣。我就裹着黄色军大衣刻蜡纸，天很冷，玻璃罩子灯上的鸡蛋熟了，我把它握在手中，揩着鼻子上的清水鼻涕，继续刻写讲义。生命中有一种东西正在被我犁开。“姓名____”“学号____”“得分____”我必须先刻下这些，再开始刻下第一项内容。刻完后，原先厚重的蜡纸被我刻得轻盈了，在灯光下多了一种透明。我知道，我已和以前的老教师一样，把寂寞这张蜡纸刻成了一张试卷。

淤泥记（109册）

1

卑微的构树任凭鲜红的果实自生自落，喜鹊们会把它们的种子带到更卑微的地方继续繁殖。只有对比它，才能在这样的下午，在这样单调的人生中，将视线从无聊和空虚中拯救出来。

2

生活的实质就是无穷尽的失望与无奈，而漫漫长夜之后，曙光总在地平线下溢出来。

3

西河沿的扁豆花竟然开了，单纯的紫色，在傍晚的篱笆上，仿佛是在替远去的童年和乡村招魂……

4

夜里那些落下的果子，静静地躺在果园泥泞的地上，像是在喘息，又像是在诉说着自己的不甘。如果风再小一些，如果风向再偏一些，如果梦想再大一些，如果生活可以逆流而上，你，还会决定开花吗？

5

生活在纺织，而命运的剪刀，有时候是精心的，有时候就这么将生活的纺织变成了一块抹布，让微生物的我们在上面繁殖和……尖叫。但，这世界，能听得见吗？

6

隐痛的关节顽强地提醒他，又一个台风要来了，像是生命中的某些威胁，这威胁或许来自潮湿而寒冷的童年，那个童年里，他的脚从来不知道袜子的意思。所以，有时候，对于他，这台风就是一只巨大的袜子。

7

高温令夏天的道路伤痕缕缕。高强度的比赛令运动员也伤痕缕缕。道路上有许多补丁，运动员的身体上有许多狗皮膏药。——两种伤痕，两种痛心。

韩国男足竟然把英国足球队淘汰了。这个结果和万人迷贝克汉姆没有入选英国国奥队有没有关系？谁能够回答？我觉得，这个夏天，伦敦奥运会组委会就像那位令人狐疑的老聋子，你说好话，他没有任何反应，而你说了坏话，他立马就听得到。如果你微笑快乐，他就怀疑你做了什么坏事。

8

台风中行走的人，完全呈现出生命的另一面，为了不让自己随风飘散，一步比一步坚定，肆意的发式有狂夫的姿态，目光里是对世界的藐视。——如果每一天都有这样的面貌，那该会凝聚起多大的人生能量？

9

凌晨下了一场雨，也不知道那些香樟树在雨中是怎样坚持的。早晨走在香樟树下，一阵风来，枝头上的雨水冷不防打了我一身，仿佛是在为我补课。

10

每个人出生的时候都是“原创”的，而后来却变成了“赝品”。这需要更大的勇气和信心。

11

“和父亲的拔河走到了终点，死亡带来了不用解释的和解。死亡崇高于一切，在死亡面前，其他渺小无力。死亡顿时笼罩了意识的制高点，失去父亲的恐惧远甚于一路以来义正词严地追讨的愤怒。”父亲破产，家人离散，多年以后，他终于有勇气写下这一切。

12

生活总是以压抑的形式存在。比如那些地下的蝉，沉默；而枝头的蝉，喧嚣。无论是沉默还是喧嚣，不相交，也不谅解。

13

“那些巨星，都有一颗破碎的心。”读到这句话，突然想起朋友年轻时候的名言：那些成功的人，都有一颗强大的心。所以，反义词并不存在。

14

早上起得早，天老爷还是发火了，达利画《永恒的记忆》时肯定也是这样热，连时针都融化了。到了中午，福克纳就在《喧哗与骚动》的最后写道：他们，在苦熬。——先知们总是这样，说出了这个星球的真相。

15

江水混浊，挟带着无数悲悯，和沉默的江岸一起宽恕。

16

江水中的号子是那么有力。老纤夫所有的苦，都是这人间的苦。记忆与遗忘，都是江水中的漩涡。

17

手指的钟乳石。记忆中的溶洞。都忘记了，那个疼痛的，迷茫的，尴尬的初夏，你在干什么？

18

高温下，时间和目光都变了形……洪水退去，没有鸽子，没有橄榄枝，只有一张张废报纸。

19

一些人在岸上，嘴巴里吞下辣椒。一些人在水中，嘴巴里含着鱼饵。一些人在水下，嘴巴里全是淤泥。说不出来的，也是你写不出来的。留在屏幕上的，尽是碎片和碎片。

20

真正的艺术在欲望之外。有时候，不要想得太多，喜欢就行，用心就行，写出来就行。如同小地震，猛然，来这么一下，惊醒久睡的惰性。会有好几个晚上，莫名其妙地感到，大地，似乎在摇晃。

21

西红柿在阳台的某处，你的相机在什么地方？鲸鱼在大海的某处，你的渔网在什么地方？人民币在大街的某处，你的钱包在什么地方？一本书在密室的某处，你的题目在什么地方？——说不出来的无奈，说不出的嘴唇。

22

水中站立的子午荷，像极了一个人。它在守望着什么？如果蜻蜓不来轰炸，蜘蛛也不来上网，它依旧不开口的话，更像一个人。那个在羞辱和挑衅中沉默不语的人。——有谁去调查一下那些淤泥，它脚下的那些淤泥呢？

23

晚饭花开的时候，很迅速，仿佛是偷偷溜出教室，提前放学的少年们……他们的足球，游戏，或者想象力充沛地玩耍，那单纯的快乐，都是成年们能够畅饮的美酒……可他们偏偏在悬崖上，像一张随时可能被吹走的废纸。

24

突然就想起了读书人孔乙己，最后，他成了一个用手走路的人。而保罗·策兰最欣赏的，就是用手走路的诗人。他说，任何一个倒立行走的人，都会把头上的天堂当成下面的地狱。所以，咸亨酒店前的孔乙己，是倒置的，应该是“茴”字的第五种写法。

25

总是以为未来是无限的……其实，有限才是真相。唯有向下，再向下，低下头来，调查，倾听，才能在有限的螺蛳壳里，做好，那命定的道场。

26

园子已荒芜，唯剩下草和虫子们的哲学书。待复垦的地方太多了，那些懒惰的藤蔓，那些虚无的枝丫，那些不请自来的迷惑……都不及那年埋下的，喑哑的，羞辱和必须要重铸的亚洲铜。

27

天热，像一只垃圾桶待在电视机前……倾坍，倾坍，或者，内心更像是城管局的后院，它杂乱地堆放了这些天他们没收来的那么多熟悉的广告牌。

28

作家与动物：比如弗兰纳里·奥康纳与她的蓝孔雀，比如黄永玉与他的狼狗，冰心与她的波斯猫……不知奔波在牛车上的孔夫子喜欢什么，跳蚤吗？或者就是牛？

29

生活就是这样不仁不义，西西弗还在上山，那些经过他的巨石已被磨损成一个个的鹅卵石，疲惫地摊放在山下的河滩上，等待西西弗把它们一一串起来，成为你我脖子上的，大小不一的佛珠。

30

那个到了夏天就流鼻血的少年，现在在哪里？瘦弱的，一只鼻孔上塞着卫生纸的少年，他就这么仰着头走路，像一个固执的梦。

31

这是一个神已经远去的时代，也是一个神即将到来的时候。这是一个荒芜的时代，因为它存在于一种双重的无能和虚妄中，在离去的神的不在中，在即将到来的东西的尚未中。

32

这是雷蒙德·卡佛的比喻：他们的美好希望破灭，像破旧的、废弃的联合收割机一样被抛在身后。

33

一粒米的记忆在养育自己。那个黄昏，那碗新米的香甜。驶向打谷场的驳稻把的木船，新鲜的草汁味，暮色的河，岸边的萤火虫。父亲手中的竹篙，下水，出水，再下水，出水，水滴，发出玉的声响……

34

人间是个危险的地方，是一个你根本无法相信任何人的地方……写下这些，闪电，一道，又一道，鞭打着，有罪或者无罪的人。

35

所有故事/从来不讲/那些/玫瑰花上/抖落的花瓣……语言的花瓣，在纸上，在手指间——汪曾祺用它们做玫瑰红的颜料；顾城用它们做玫瑰鱼；更多的，用分秒（加上今天多出的一秒）腌制，变成小咸菜。

36

闷热的天，坐在，人声中，嘀咕一声，谁也听不见——就像玻璃窗外的，一滴水，无端地，掉到尘埃里……连蚂蚁都没有啊。

37

我们永远不可能知道自己想要什么，因为，一个人的人生只有一次，我们既不能拿它与前世对比，也无法在来世使它臻于完美。——这是昆德拉在《生命中不能承受之轻》中说的，记下来，想想，再想想……

38

钟表大师丹尼斯一生只制作了三十七块表。他去世的时候，留下了一块已制作了十年而仍然未完成的钟表。他经常一个人连续三十六个小时摆弄零件，房间里连收音机也不开，他说自己是在聆听——聆听时间的声音吗？……想想他的缓慢，他的专注，实在惭愧！

39

难得一场雨，在没有球赛的夜晚，降临这烦躁的尘世。现在读着小说家卡佛的传记，有种说不清楚的酸楚、无奈和坚定弥漫在他的酒杯里。能梦见这位酗了酒的小说天才吗？他睡眠的时候，就像条深海鱼。

40

高速公路上，汽车如繁殖力强盛的蠕虫，滴水的排气管，像是它们的遗尿。两排怒放的夹竹桃，如同沿途播撒的废纸屑——那纸上曾经写过的誓言、诺言和谎言，都化成了流（动的）言。

41

命运之于奋斗者，就等同底裁之于今天凌晨乌克兰……他看不见，就是看不见。茫茫人世，努力着，又是徒劳着。在众人踩踏过的路上，规则的、不规则的脚印都会消失，而那些被踩踏过的草，又会抬起头来，继续张望着：虚或者无，都在阿Q最后画的圈圈里。

42

低垂的云，被南方的台风，强硬摊派到头顶……弯腰在稻田中劳作的乡亲们，好像那定海之锚，忍耐，无语。他们，把微颤的地平线变成了插着无数碎玻璃似的折线。

43

每看一次《人狗情未了》，心中总是一凛！那些泪水……为人子，亦为世上所有受宠或受苦的动物，永记它们清澈或浑浊的眼神，它们的低吠，会如野菊花一样，为有心人开放……

44

俄罗斯为什么这样执着于传中渗透？人生大概如此，高寒地带养育的执着的人，在高温下，亦没有流下一颗泪水，枉费了北温带地带的一群熬夜的球迷……世界或者理想，只是一粒眼屎而已。

45

“我不想孤独，但需要孤独。”罗兰·巴尔特如是说——这只可以证明他还没有患上孤独症。这个6月的下午，如同遭遇浩劫的田野：一半是金黄的凌乱，一半是惊心的灰烬……暴力和孤独养育的肇事者呢？他是谁？现在他在什么地方？

46

打开窗户……打开书本……只能是省略号，还是打开网页吧，可很多负面消息，如雷雨，依旧扑面而来……勿视，勿听，勿说，能像那三只猴子吗？这个夏天，最值得学习的是那些蚂蚁，在暴雨来临之前，在拼命地搬运，在它们的秘密国度里，缄默是最好的生活方式。

47

孤独的地球上，一边是热闹的球场，一边是寂寞的中国球迷。在深夜，在凌晨，他是局外人，是无人乘坐的地铁，到了凌晨，他如同那被鞋钉暴力踩踏过的草坪……一种被虐待的疲惫和空虚，就这么，在这个 6 月，如黄泥天一样，弥漫开来。

48

沉闷的天空，仿佛末日。一定有什么地方暴雨成灾……想到那些消化不良的下水道，他的鞋就浸湿了。浑水中行走，也许就是宿命。

49

夏天来了，肉体忍受，精神麻木，汗水变成了伪饰……命运就是这样，想念雪，却来了暴雨。在烈日和暴雨之下，我们都是那个屌丝之兄——骆驼祥子，他低着头，拉着肥胖的生活，眼前闪烁的不是金子，只能，是虎妞的金牙。

50

在一个苍白没有意义的世界里，最不道德的行为，或许，会和最好的行为，具有同样的意义。——那么，意义是什么？无意义又是什么？比如降息，和石榴树上的落红，还有一声鸟鸣，谁更有意义？

51

一些朋友，那些温暖。仿佛那个冬天，朋友特地为我送来二十支蓝灰色圆珠笔笔芯和三本蓝格稿纸。这些物件的颜色和喜鹊的羽毛类似……现在不用圆珠笔了，也不用稿纸了。面对着电脑和打印机，如同中年的朋友，总是有隔阂，有障碍，无法真正把它们作为知心人。

52

“我一直望到底部/那里还是我的，同样活着/它是摆渡而来的？并且一直醒着？/谁的灯光在我身后？/为了将要现身的摆渡人？”这是保罗·策兰的诗，像苦瓜，经常读着，就会醒心，清目，在伪饰中，现出自己的原形。

53

“不稳定中比稳定中包含着更多的未来，而当前不过是人们尚未走出来的一个假设。”这是《没有个性的人》的作者穆齐尔说的。种种不确定，也就是种种错误，或者是瞬息万变的可能，指向……这6月的多云的天空下，麦收的人们，无所事事的人们，都像蚂蚁一样，制造那命运的虚线。

54

晚上的烟雾……会从什么地方来，又会到什么地方去？那些是篝火，渔火，还是野火，都无所谓了。关键是那些环保局报告中出现过的微尘，那些卑微的，来自乡村的卑微的烟尘，它们在流浪，奔波，寻觅……和被包围的人一样，没有出路，也没有归程。所以，承受和忍耐是必须的。这是祖训，也是法宝。

55

岁月进行到6月，已经没有了新鲜感，仿佛搁置多日不用的算盘。大街上的孩子们，如同四处散落的算盘珠子。在算盘没有修好之前，孩子们，赶紧奔跑，跳跃，藏匿，或者，索性变成巨轮……碾过街道和规则，站在时针的顶端，率性称王。

56

“我们唯一能够支配的事就是使发自内心的生命之音不能走调。”这是帕斯捷尔纳克说的。以这个标准，郝蕾算是一个没有走调的人，她所唱的《氧气》，最适合，5月的，杨絮乱飘的春天，倾听。人生的超越，应如同入海口的沉静与磅礴。可他做到了吗？

57

生活的乏味总是随时呈现，比如夏天油腻的鼻尖上，竟然渗出了可耻的地沟油……欲言又止，欲说还休，他们以为是表演，其实是他的隐痛，按住了他的舌头——被禁止过的焚烧，给他的白天，留下了，一幅，又一幅，用灰烬模拟出的梦遗的版图。

58

这世界上到处都是那些破碎的词语……像碎玻璃，都堆积在他的心中，有时候，它们会插在围墙上自欺欺人，那尖锐的部分落满了灰尘。对此，他无能为力，等待碎玻璃在黑暗中被遥远的星光照亮的那一刻。

59

那些尖锐的麦芒——在机器的碾轧中，不值一提。那些来自安徽的收割机主，在夜以继日的劳作中，疲惫而衰老……馒头！馒头！每个人为了抢到自己的“馒头”，都在奔波，敷衍，忍耐。武大郎当年卖的“炊饼”就是“馒头”。想不通，但事实如此。

60

越来越热的下午，疑似有雷阵雨。其实是例行其事的夏日之午。懒怠，疲倦，等待。生命在奔驰，而他只是一面灰尘满面的站牌。

61

突然想起了那些失踪的伙伴……一个叫王宽道的少年。现在在哪里呢？百度或者谷歌，给他的都是陌生人。苍茫啊，苍茫，人世，人心，还有每天必须浪费掉的时光。

62

通向上海城的，十字路口转角处，一丛女贞树，花开得浓烈——那么多的白蝴蝶，如被撕碎的纸片一样，纷纷，在风中，飞舞，就是落不下来，像停不下来的乐曲。无端地想起，也在这里，那个坐在轮椅上拉二胡讨生活的男人，他现在在什么地方呢？

63

路灯很不好，天气又不热，那个街头卖西瓜的人，在树的阴影下，沉默不语，似乎和那些西瓜一起比赛，谁沉默的时间长，谁先开口说话。夜风阵阵，树影们在西瓜皮上游移不定，搁置，或者切腹，都是命定。离开了还在田野里的瓜藤，孤儿似的它们成了一个个可疑的手雷。

64

人来人往。扛着电脑主机的他无比沮丧，弄不清电脑是他的狗，还是他是电脑的狗。其实，男人的狗都是主人自己的性情。在这个悲伤又寂寞的大街上，他抱着中了毒的电脑，像抱着他的中了毒的孤独。

65

香橼树开花的时候，很谨慎。他也谨慎地看着它，享受着……那些细小的花，提前泄露了香橼的秘密和气味。自然界从不掩饰，他应该脸红。

66

人心曲曲弯弯水，世事重重叠叠山。多少颓败的山水，在他的眼睛里，使他无法开心大笑。故园早不在，他连想象一下，都没有资格。还是相信大地上那些即将成熟的麦子吧，如果它被笼罩上怀疑论的阴影，麦地就被置换为沮丧的人造沙滩。

67

初夏满眼的绿，除了香樟树的落叶。那个坐在树下哺乳的女人，表情惆怅。他的内心比她更为惆怅。为什么如此盛大又如此纠结？还是马先生说得好：已识乾坤大，犹怜草木青。

68

意义是你所造就的，而生活是荒诞的。——他读着，读着，一点点，感受着，生活的沉寂，没有荒诞，没有回声。

69

他或许更像是车站里那个吸烟的人。太长的旅途，太多的苍茫……他在想，或者什么也不想。欲开的班车上，那些注定与他相遇的人，依旧是，无法掉落的烟灰。

70

落在睫毛上的一滴汗。停留在马鬃上的一片雪。涂抹在窗玻璃上的一缕霞……很多时候，他在想念着童年的这些事物，和想念邻居家瓜地中快要成熟的香瓜一样，夏天又要来了，只剩下一半的苍老，一半的沮丧，一半的江山。还是和大地一起沉默吧，等待将至的暴雨。

71

陈丹青说，小时候偷书，现在只想偷生……他听得出来，丹青先生说的是真话，很多艺术家在说话，但真话不多。他们是想讨好大众呢，还是掩饰自己的心虚？听诗人怎么说吧，“在那镀金的天空上，全是死者弯曲的倒影”。所以，仰望，俯视，必须和心跳一致，很容易，也很困难。

72

他最后的故乡只能是书本了——除了书本之外，他的小学、初中、高中、大学，遭遇的都是拆迁或兼并的命运。网络、记忆和生活都是碎片。早没有了沮丧，也没有麻木。因为，玻璃又等于碎玻璃。

73

父亲与儿子，永远是两个世界。比如季羡林与季承——父亲写下季承，而季承则在写父亲的背部，那些我们看不到的背部。该感谢谁？又该同情谁？真实就是隔阂，每个人，包括他，包括超级月亮，都是孤独的星球。

74

无语，仰望，在最圆的月亮下面，人间平庸依旧，他亦不例外。

75

他在树下细数枝头上那些刚刚诞生的小果实，仿佛婴儿室的甜睡——他失去这样的甜睡已久。可它们知道吗？月光，星光，日光，还有这漫长夏天的无聊与瞌睡……许多时候，他浇灌下的灰心和绝望，等于他的催眠曲。

76

他似乎陷在书本的沙漠里，遗忘，一页一页遗忘，一本一本遗忘……不是他要遗忘，而是他必须遗忘，那些曾经占据过他的书本，初夏落叶般，被大嗓门的清洁工扫走了。他还没去过垃圾场……据说，去过的人，将会在这个夏天里，很可笑地决定，练习胸脯上的肌肉。

77

夏天像一个脾气不好的人，冲到他的身边。他毫无准备，亦受了感染，有点怒气冲冲。最好的榜样是那些穿背心的老人，平静，无奈，坐在屋檐下，耷拉着衰败了的翅膀（或肩膀）。他也会走向他们，只是心中，微微不甘，像那老馒头们带来的胃酸。

78

孤独是接近内心的唯一的方式——他想象那孤独，偏偏内心有一只遗弃在世的蝉，它拼命地叫，怎么也阻止不了，这只蝉，是固执的修辞家，还是虚无的哲学家？他说不清楚，只是用一条暧昧的毛巾，把玻璃窗擦得更为暧昧。

79

与鱼的三秒钟记忆相比，他对于羞辱的记忆似乎过于清晰了。那些年，那些日子，劫后余生的羞辱，很多人不明白他为什么要那样做。他自己也不明白自己，如同座头鲸的洄游。偌大的，寂寞的海洋啊，他忍不住地发出了座头鲸的声音。

80

“说到太少，后来又太多。/ 诗人们青春死去，但韵律护住了他们的躯体……”他的韵律去了哪里？细数着香橼树枝上那些罕见的花，5 月，5 月，哑巴的 5 月，聒噪的 5 月，他想看一看它如何转向眩晕的 6 月？

81

他常常想自己，究竟属于哪一类人：过程主义者或目的主义者。就像写微博这事，他习惯了，于是，每天都写上几行字，有点如少年时小小的欢喜：用布鞋在细沙上留下带有针脚的鞋印。现在呢，他的微博，等于他的微波。每天，短短的，展开卷曲的叶片。

82

那些开过花的树，绿着，平凡，几乎不认识了。就像身怀绝技的人，退出江湖的隐逸状态。行走在它们的叶影下，他斑驳不已。

83

“多少年过去了，我们遇到的野鹿越来越少/一些灰色的野兔出现/仍会慰藉众生”读着多年前的诗句，他有些恍惚……很多年过去了，很多年过去了，水泥地到处都是，他连兔子的足迹都找不到了。

84

他和他的影子在一起，都不说话，那是有些许欣喜的缄默。谁都在等待，谁先开口，打破这样的缄默，进入他曾经厌恶过的而又必须进入的饶舌岁月。

85

梧桐絮在空中，恍如些许谣言，他在其中行走，仿佛遗忘了使命的间谍，去何处，又不能开口。

86

“人，泛舟而追，卸荷以行/亘古不变/生命如深海般/静谧无言。”他，亦无言，在生活的池塘边，在疯长的蒲草下，一把去年掉下去的修辞之刀渐渐露出了它的脊梁。

87

时间永远是一张折叠椅，更多的时候，被他存放在墙角，成为另外一种物件。可他生命中那些尴尬的时刻，缄默的时刻，疼痛的时刻，还能记得吗？似乎能记起一些，而更多的

“时刻”像被大鱼吞掉的饵。当他提起水中钩时，那条大鱼早就轻松逃离，躺在折叠椅上的，是你从未谋过面的蜘蛛。

88

每个人都有一个对应的动物。他应该是一只食蚁兽，三十三度的体温，从不贪婪的胃口。他所渴望的蚂蚁：旧书中那些好句子，人群中那些陌生的微笑……黎明来临之前，他会用自卑的尾巴扫清所有的小足迹。

89

“河口的飞禽/汪洋中的鱼/我独自给木上蜡/为了最好的骨和血/我带着深深的悲伤行走。”这首诗他读了好多遍，说不出的好，会成为他在这个繁花似锦的春天缄默的理由。

90

大风起处，地上满是花瓣，唯有那肥胖的海棠坚持着，它能坚持多久呢？在一群春游的孩子中间逆行，他真想给孩子们朗诵，但可能吓着他们啊——“寄言全盛红颜子，应怜半死白头翁。此翁白头真可怜，伊昔红颜美少年。”

91

傍晚走在起了风的夜晚，那些香樟树竟然落了那么多叶子，真不忍心踩上去——它们在冬天的枝头上坚持了这么久，到了这花红柳绿的春天，就这样……想到逝去的日子啊，怎么纪念呢？

92

他的悲伤是看不见的，恰如他的欣喜，一一经过之后，他还是如此束缚在小丑的角色里。为什么不撕掉那些海报，或者是他的封面？可是，那空白的扉页应该写下什么，他还没有想好，也许，他害怕他的笔迹。

93

无论如何，他每天都得给自己写一段话，没有任何野心，只是想，一个字，一个字，一个字地拯救自己——在别人的扉页上，他只是一支停滞太久的圆珠笔。

94

现实如此平庸……他只能把雨后暴涨的排水沟想象成山间的雨溪。在顺流而下的生活里，他会是一只鹅卵石吗？而那鹅卵石恰好会变成珍贵的雨花石吗？

95

他就像那办公室里的植物，没有四季，只活在灯光里……而哲学家说，拥有四季的人才是最尊贵的人，以此类推，他只能卑微，他只能隔着玻璃窗眺望彼岸大片的油菜，就像是记忆涂在他眼里的芥末，童年又酸又辣的乡村，轰然而来——昔日何在？

96

路边的那些悬枝海棠开了……满树的荣誉似的，如同骄傲自负的青春，没有一个贬义词，除了他，继续保持着小丑的心态，继续做一个贬义词。

97

于一瞬间见中国，于微尘中见当前——写下这些，他的指头恰好被一只图钉所伤。

98

大动物都有一副平静的外表，用来否认这个世界。他是大动物吗？那些观众呢？整个表演就是一群小动物忍受着另一个小动物的折腾，忍受的时间，看这个叫作小丑的小动物如何在岁月的掩饰下从激烈走向平静——但，他能做到吗？

99

春天时，他忽然想起旧岁里曾经有过的雄心……似乎什么痕迹也没留下啊。这一段长长的日子真如同一群行军蚁爬过的纸——他真想在上面再写一点文字，纪念，或者慰劳那些无聊的头屑。

100

在这个春天的正午，眺望那座貌似平静的人工湖，湖心空虚，拱桥不安，突然涌出来的无聊如同那些露出水面的音乐喷泉金属杆……还是要怜悯那些植树节移栽过来的树啊。

101

所有的凡人都有其滔滔的一生……浪花就是他的鱼，能飞的鱼，能笑的鱼，能在一个叫北溟的地方按照自己的内心生活的鱼。

102

那些栖在城市的留鸟似乎和他无关，它们羞怯的经营，它们隐秘的诉说，连它们的小影子都被忽略了……但到了晚上，在树下行走的他还是收获了一粒“天屎”——这是生活的警醒，还是岁月的惩罚，抑或是这个小时代里的幸运？

103

一只背上有红点的黑瓢虫出现在他的肩膀……是这个春天的徽章吗？那红点仿佛小小的怜悯，令他想起了多年以前，那偏僻的愤怒，不安，激动，还有莫须有的春天，此时此刻，都被这无妄的小瓢虫所背负。

104

在中世纪的俄罗斯，沙皇就是命运。而他的命运呢，是骑自行车的狗熊，是走钢丝的山羊，还是钻火圈的非洲狮？也许都不是，在人群中，他想象自己是一只身上戳满了红图章的刺猬。

105

“失败的人儿呢，去读书/最失败的人呢，看电视”，这是诗人柏桦的诗，这个世界上充满了失败的人……他在风中，也就是一个失败的人在风中，昨天的热情正在一点点刮向南极，能不能问问企鹅们，他是去读书呢，还是去看电视？

106

那列山海关的火车依旧驶来，他的疼痛无从诉说——在这个喧闹的、嘈杂的日子里，他逃不掉被碾轧、被误解、被朗诵。他渴望的平静在哪里？

107

第十三个月生的孩子。第八日的蝉。零点时分在空荡荡的剧场打扫的小丑……都想做这个生活的订书机，可惜生活总是一本被拆散的笔记簿，有错页，有空白页，还有一些疑是藏宝图的斑点，是谁留下的？它将被谁续写下去？上面还会有谁的名字？

108

他在黄昏时分走上街头，觉得很恐慌——这恐慌来自这个黄昏前所未有的空旷。他抬起头来，发现那些冬青树今天被修了枝，怎么可以在这么冷的天里给它们理发？！他刚想激愤地谴责那些由郊区拆迁农民转行而来的绿化工，可还是把话咽了回去，下意识地缩着脖子，仿佛是他刚刚新理了头发。

109

在那些光线渐渐明亮的时辰里，他总是睁大着眼睛缩在被窝里等待心中的野心慢慢黯淡……这是一只等待出门觅食的老畜。他早就知道路上不会有多少食物，也不会有多少危险。那斑驳的被子和平庸的白天一样，腻味，甚至有些难看，但是，它的温暖能让小丑敢用手摸到自己的心跳。

永记蔷薇花

人间有很多巧合的事情，比如1998年秋天，

《诗歌报月刊》在盐城举行“金秋诗会”。

在盐城的某小巷的一个测字摊，

我做了平生第一次测字，我写下“秋”。

测字先生说，“秋”中有火，“火”主南方，

你将在某一个秋天，移民去南方。

两年后的秋天，我恰巧来到了长江边。

诗人杨键说，“我的沉默是我的国家的底色，

但是，我要永记蔷薇花”。

杨键和我同出生于1967年，又同家中排第三。

在人间，我要永记蔷薇花。

1984 年的蓝袖筒

1984年的蓝袖筒与一本书有关。

这本书是戴厚英写的，是写诗人闻捷的，而诗人闻捷，就是写《吐鲁番的葡萄熟了》的那个诗人。1984年，在我就读的扬州的那所学院的大喇叭里，总是嘹亮的响着关牧村唱的这支葡萄遍地的歌。

我是好不容易才找到这本书的。我曾去学院图书馆寻找此书，却被当时的女管理员看穿了。她问我："你借这本书干什么？"

是啊，我借这本书干什么？我总不能说是因为看到相关资料在评论这本书吧。

女管理员又问："你是哪个系的？"

我说是某某中学的。这中学的名字是学院附近的。这是我对那所中学的栽赃。那所学校肯定没有我这样一个学生。女管理员相信了我。就如同我们学院的门卫总是怀疑我不是大学生一样。那时的我，十七岁，体重不足四十五公斤，看上去就像发育不良的中学生。

女管理员放过了我。我的心却放不下总是在相关资料上被评论的这本书。

学院没有，我就出去找。想不到，在汶河路西侧的四望亭就找到了这本书。

当时汶河路上的榆树很高大，老的四望亭里面不像现在空着，而是一个街道阅览室，那里的书很多。管理图书的是一个戴着蓝色布袖筒的老人。

也许是没有多少读者，老人见了我很是热情，他说，可以办借书证，学生证加两块钱押金就可以在四望亭里办一份阅览证。

办证时，面对热情的老师傅，我的心还是有愧疚的。我已决定不还了。

过了三天，我又去四望亭，假装很可怜地向阅览室的老人做口头检讨，说书丢了。

老人看了看我（也不知道我有没有装得很像），说两块钱押金不能还了哇。

虽然少了两块钱，但我暗中兴奋（这书本来定价一块三），但谁能想到，我去宿舍一炫耀，不出两天，这本书真的就丢了。谁都说没有看见，但谁都有嫌疑。

就这样，这本我用小计谋得来的书就这样离开了我。至今我还记得里面的主人公，女主人公叫孙悦，男主人公叫何荆夫。

因为太喜欢了，有个朋友的孩子生下来，让我取名字，我就用了这本书里的男主人公的名字。

很多年后，汶河路上的榆树没有了，四望亭和四望亭路也被开发出来。我早就拥有了这本书的最新版。而有阅览室书线穿过的那本书和四望亭里戴着蓝色布袖筒的老师傅就这样消失在记忆深处，我永远欠着他和1984年一个道歉。

黑暗中的炊烟

中年人回味童年，肯定是衰老的标志。其实岁月就是一颗怪味豆，不管你愿意不愿意，你都得吃下去，有一些酸楚，有一些苦涩，还有一些甜蜜的往日啊。

防震抗震那年，我上四年级。

那还是深秋季节，教室的草屋顶刚刚换上了新稻草，像是得了白癜风。老师抓粉笔的手上都是泥巴，他们刚刚从田里回来。我无心上学，因为有人在说五里外的邻庄要放电影了，有人将弄一条船去。

放学了，我没有像往常一样蹿回家，而是磨蹭着，看看有哪些人没有走。果真，有几个大个子的同学没有走，我屁颠屁颠地跟在后面，以代他们做三天作业的代价上了那条生产队的大木船。

那些大个子同学弄小船有一手，可都不太会弄这条生产队来回上工的大木船，木船头一会儿向左，一会儿向右，好在那天风不大，否则我们肯定看不成电影了。就是这样，待我们靠到邻庄大柳树下，打谷场上的电影已经开始了。好在有经验，那不是正片，只是放过好几遍的《新闻简报》。

我一生都会记住那晚放的两部电影：一部《红孩子》，一部《孙悟空三打白骨精》。正当白骨精化作老妖婆时，派去察看船的伙伴慌慌张张地跑过来说，竹篙没了！

孙悟空还在那里三打白骨精，我们却在黑暗中跌跌撞撞地寻找我们的竹篙，是哪个丧良心的把竹篙偷走了呢？后来，我们来到一家人门前，发现有一根竹篙正倚在他家的竹篱笆上，我们不管三七二十一，小心把竹篙抽出来，扛了就走，反正我们的竹篙就在这个庄上呢。

电影是看不成了，只有上船回家。也许是做贼心虚，一路上，我们被一些黑影和突然出现的高坟吓得魂飞魄散，好像四周都是吃人的白骨精，不知道过了多长时间，我们才把大木船靠到码头上。此时已经是半夜了，村庄静悄悄的。

刚上岸，一只狗突然狂叫起来，满村的狗也狂叫起来，后来发现都是自己人，不叫了。可我们都不敢回家，只好宿到一同伴家的灶屋里的稻草上。稻草可能淋过雨，一股霉腥味冲得饿极了的我们无法入眠。

不知道是谁发现了一堆芋头，大家连洗都没有洗就把它们扔到了锅里，加了水，盖上锅盖，往锅腔里塞满稻草，开始烧芋头。可能是火光的缘故，我起来出门。外面的夜空瓦蓝瓦蓝的，有几颗金色的星星在闪烁，草屋顶上有一缕炊烟袅袅向上，好像是笔直地爬上了天空！

——可能是觉得太美了，我全身不停地打战！回到屋里时，灶火已经把同伴的脸映得通红通红，芋头发出了诱人的香味。

第二天早上，我怀着忐忑不安的心回到家中，也做好了被脾气不好的父亲痛打一顿的准备，因为这是我第一次擅自在外面过夜，但奇怪的是，母亲见到了，说了声，你为什么还不去上学？锅里有山芋粥。我看了看父亲，似乎什么也没有发生。

我呼呼喝了两碗山芋粥，上学去了，好像家里不晓得我在外面过夜啊。但我一直想不通，父亲为什么不知道我丢失？还有，那炊烟，为什么那么笔直，就像是一把炊烟做的直尺？！

我那水蛇腰的扬州

相比长江边的大城市，扬州不胖，恰到好处的匀称。

古运河如一根绿瓜藤样，轻轻巧巧地缠住了扬州城的院落和篱笆。瘦西湖就是这根瓜藤上汁液饱满的绿丝瓜。

——是一只拥有“水蛇腰”的丝瓜。

“水蛇腰”，是汪曾祺先生喜欢用的一个词，是形容运河边女人的窈窕和风姿的词语，如果用在大运河和扬州城的关系上，也完全恰当。由于古运河的缠绕和灌溉，扬州城也像一个拥有水蛇腰的佳人。

汪先生是“高宝兴”中的高邮人。我是“高宝兴”中的兴化人。高邮、宝应、兴化三个地方的女子，是扬州船娘的主力军。

——她们的水蛇腰肯定是摇橹摇出来的。

我第一次去扬州，是从下河出发的。十六岁的我跟着老汽车向上爬坡。那比我们高的地方，父亲告诉过我，那叫“高田”。老汽车爬到“高田”的最高处，就是大运河的河堤。到了大运河，老汽车停下来加水。我第一次待在大运河边，看着传说中的大运河（那可是香烟壳上的大运河，也是麻虎子传说中的童年的大运河），正值秋汛，水很大，司机很容易取到了水。有个挎着皮革黑包的供销员模样的男人对我说，这大运河可了不得了，向南，就是扬州。而向北，一直向北，就是北京。

就因为这个供销员的话，大运河就被我想象成一条水做的铁路。验证我这句话的，是扬州城门口的运河大桥，那是座铁桥。咣当咣当摇过铁桥后，扬州城到了。

1983年的扬州，我见得最多的不是杨柳，而是榆树和苦楝树。高大的榆树，纷纷扬扬的榆钱，落在古运河上，又跟着运河水走到很远很远的地方。

也许是在水边长大的缘故，我最喜欢做的事，就是逃课去看运河，尤其是想看古运河边古渡边杵衣的扬州女子，她们手中的杵衣棒一上一下，美妙的腰身就有意无意地露了出来。那味道，就像我手中的扬州包子。

对了，我有很多书就是坐在古渡边读的，那里有很多不生虫子的葱茏的苦楝树，我捧一本书，两只包子当成午餐，一读就是一个下午。

——我应该是运河边一只有小虫眼的小黄瓜。

我的学校在史可法路，从史可法路到东关街，只需要沿着国庆路步行十五分钟。如果你不想在东关街上停留太久的话，只要走十分钟，就可以抵达东关古渡了。

从古镇瓜洲过来的船队，几乎是和我同时抵达。

船队上的小伙子，比我大胆多了，总是故意加大马力，让运河里的波浪替他们“咬”一下杵衣的水蛇腰的女子。

水蛇腰的女子也不是好惹的，她们会用特别好听的扬州话批评那些小伙子。那嗓音，清脆得像扬州的水红小萝卜。

作为观众的我，仿佛是在听扬州评话。

在古运河边看书的事，我从未写出来，不是不想写，而是愧疚。那愧疚就像是隐在古运河水中的石码头台阶，一旦水退去，那些石阶上青苔和锈迹就是我的愧疚。

那是我抵达扬州的第二年春天，一位老人发现了正在河边懒散读书的我。我当时读的是一本诗集，刘祖慈的《年轮》。这是我在扬州国庆路新华书店购得的。诗句很传统，但当时的阅读水平仅仅如此。

老人和我谈古运河，我的大运河知识就是在那个时候得到校正的。邗沟。隋炀帝。京杭大运河。他还给我谈李白、杜牧，还谈到了易君左，谈到了他的同事郭沫若。当然，还谈到了诗歌。

我当时并不知道这个老人就是反复写鉴真和尚的姚江滨老师，只是懵懂地和他交流，后来老人带我去他家里，一座长满了花朵的扬州院落，看到了他写的书《东渡使者》《晁衡师唐》。老人还给我买了六只翡翠烧卖。味道的鲜美，至今还不能说得准确。还有，翡翠烧卖里的青菜怎么会那样青翠?

那个下午，那六只翡翠烧卖，我一直记得，还会一直愧疚下去。扬州的洒脱（唐诗中的逍遥见证）、扬州的仁义（比如《扬州十日》），扬州的水蛇腰的女子，在水蛇腰的大运河边杵衣。

——当然，也杵那运河水中的月亮。

后来我再去东关街，在仅剩的一棵大苦楝树下，我又想起了已仙逝的姚老师，东渡，东渡，东关古渡。当时正值花季，暗紫的小花瓣，落满了巷子口。

我在树下张手，等了一小把，穿过东关，走到古渡口，把它们撒到了古运河的水面上。

星星点点的苦楝花，恰如扬州绣花鞋头上的小花瓣。

蔚蓝的王国

1983年的扬州肯定目睹了一个穿着棉袄踏着松紧口布鞋的乡村少年模样的家伙。不知道他目睹了扬州什么。

沿着史可法路向东然后在市工艺美术公司折向南，就走上了扬州最老的一条路——国庆路。我去国庆路新华书店总是步行着去。那时候我刚刚爱上了读书和写作，我那中学式的学院里面的书很少，我只有从自己牙缝里挤出钱来买书。而那时我还没有学会辨别，只知道热爱，只要是诗与散文的新书我都要想方设法买下来。我买了一大堆价格不高同时也良莠不齐的书，所以那时的我是盲目的。为什么我那时没有遇见一个引导我读书的人呢？我知道走过的路永远不可能回头，而另一条未走过的路永远芳草萋萋。

但其中——我误打误撞选中了一本上海外语教育出版社出版的《俄苏名家散文选》。封面朴素，上面仅有两株白桦（我青春的白桦）。封底上仅仅署“0.31”元。（什么时候我们这些书生能再享受这廉价的书价？）而这本带有我青春体温的书，边角已卷成了疲倦的茧皮——它握住了什么？

这本仅有79页的散文集一共收录八位作家十八篇散文——当时我们读多了类似杨朔的散文，类似刘白羽的散文——我一下子有点目眩。这是一片多么蔚蓝的天空，蓝得连我怯弱的影子都融掉了。我像一朵羞怯的矢车菊一样在这蔚蓝的王国里被他们的叙述缓缓吹动，摇曳不已……你好啊，屠格涅夫！你好啊，蒲宁！你好啊，普里什文！你好啊，契诃夫！你好啊，巴乌斯托夫斯基！还有托尔斯泰，柯罗连科，还有《海燕》之外的高尔基。我过去的关于"起承转合"的散文写作方式一下子被冲垮了……我学习（或者叫模仿）着写下了我的第一篇散文《雾》，想想多稚嫩——"雾走了，留下了一颗颗水晶心"——多年以后我只记住了这一句，而再看看普里什文的《林中水滴》，我感到了自己的矫情，但我跨出了最关键的一步，从我的身体中不由自主地跨了出去——由于这蔚蓝的王国里一朵矢车菊的诱惑："去年，为了在伐木地点做一个标记，我们砍断了一棵小白桦树；几乎只有一根狭狭的树皮条还把树身和树根连在一起。今年我找到了这个地方，令人不胜惊讶的是：这棵砍断的小白桦树还是碧绿碧绿的，显然是因为树皮条在向挂着的枝丫提供养分。"这是普里什文说的，在以后这么多日子中，我经历了多次搬书的经历。从扬州到黄邳，又从黄邳到沙沟，在沙沟又经历了几次，再到长江边的小城，但这本书依旧还在，还在我的身边陪伴着我，像一个默默无名的老朋友。我可以出门前把它卷起来塞到裤兜里，也可以把它朝旅行包的一个角落一扔，与那些牙刷手巾并肩睡在一起。有时候在旅途中睡不着，我就会从旅行包里听出这本旧书的呼噜声。于是，我又把它拖出来，拍拍它，醒醒，老朋友，让我们一起去拍一拍巴乌斯托夫斯基的家，在他的后园里摘一朵金粉打就的金蔷薇！

现在，这本已经有三十五岁的书就陪在我的身边，像一条童年陪伴我的老狗。这本书的忠诚啊，我想想就要翻翻它，它的生命也是我的生命。三十五年，有多少灯光之夜我们面面相对，默默无言。那是柯罗连科的《灯光》，那是屠格涅夫的《鸽子》，那是契诃夫的《河上》，那是蒲宁的《“希望号”》，那是高尔基的《早晨》，那是巴乌斯托夫斯基的《黄色的光》。多少艰难的岁月里，我和它在使劲地划桨……不过，在前面毕竟有着——灯光！……是的，前面仍然有着灯光，有着一片蔚蓝的天空。

“蔚蓝的王国呀！……我看见过你……在梦中。”（屠格涅夫语）

永记蔷薇花

我的沉默是我的国家的底色

但是，我要永记蔷薇花

这是诗人杨键的诗歌。在沉默的命运中，每个人都有“永记蔷薇花”的时刻。我想，生活在起伏的波浪中，我的“永记蔷薇花”的时刻是在与好书相遇的时刻。比如那本在半瘫的父亲身边读完的《天使，望故乡》。比如在停电之夜半截蜡烛下读完的《最明亮的与最黑暗的》。比如坐在空旷打谷场的一只石磙上读完的《大地上的事情》。每一本和我相爱过的书，都像童年的星星一样，潮润，明朗。有了它们，我就能在那些破旧的日子里，做着蔷薇花的梦。

记得我在大学那简陋的图书馆里抄诗，为了抄写洛夫先生的长诗《血的再版》，我的新棉袄袖口上滴满了清水鼻涕。记得我在那个小镇上为了寻找能够夜读的煤油而去接近镇长的儿子。记得我在乡村学校的课堂上为孩子们朗诵诗歌，我为他们朗诵过许多诗歌。朗诵孙昕晨的《一粒米》的那个黄昏，我记得窗外的暮色开始是红色的，后来变成了紫色，再后来就变成了纯蓝，孩子们的眼睛里全是纯蓝的光芒……朗诵完毕，我的眼里噙满了泪水。

那么好的诗歌，就这么与我相遇。蔷薇花，蔷薇花，沐浴着诗人王家新的歌声，诗人海子的歌声……还有我的好兄弟们的歌声。因为钢笔总是漏水，所以我爱上了圆珠笔。为了不用白天工作时的蓝色圆珠笔，就到处求购黑色的圆珠笔芯。当我抄到曼德尔斯塔姆的“黄金在天上舞蹈/命令我歌唱”，我全身止不住地战栗。到现在，我还记得此首诗的翻译者为荀红军，这是一位20世纪80年代初出道的诗人，如今已消失了。再也看不到把曼德尔斯塔姆翻译得那么精妙的诗人了。

像荀红军一样消失在80年代的诗人，有多少啊——就像蔷薇花，不断地落，又不断地开。包括那么温暖的《诗歌报》，套红的鲁迅体的《诗歌报》，蒋维扬，乔延凤，都带着我们一起穿越过蔷薇花丛……再也没有那样的报纸了，每一个字都值得珍惜的报纸啊。有次开会，我遇到了叶橹先生，问候了一声，竟然失语了——他的头发依旧那么白，我内心满是愧疚，对青春和诗歌的愧疚。

但蔷薇们总是平静如初，上面积满了生存者的无奈和灰尘。我最企盼的是要一本好书，到了晚上，能够逮住我的好书。在好书面前，沉默和自卑轻轻在星光下张开，任由蔷薇上的针刺被夜色染得坚硬。

也许只有那时，蔷薇和篱笆都是清醒的。这个世界上，除了越来越稀罕的好文字，我已经没有多少开放的可能。

那个晚上的玫瑰

没有那个玫瑰在手的音乐之冬夜，他几乎把年轮之轴的转动也“忽略”掉了。“忽略”这个词，是他前天在渔婆路散步时冒出来的。他忽略了老友红叶李，它们裸露的枝条像他的潦草的简笔画。他还忽略了老友香樟树，它们的果实只能落在地上，被碾轧得如他的烦躁的标点。忽略，不是空白，也不是疏忽。接近于“蒙尘”一词：他原来是被动的，现在是主动的。灰尘之下，有谢顶的暧昧，亦有脂肪的借口，都可以用“忽略”一词忽略的。但那个晚上的玫瑰就这样绽开了，像打开的一本多年前的塑料封面的抄歌本，熟悉的电影歌曲猛扑过来。满天的星光在草屋檐下慢慢变长的冰凌里闪烁，炒米糖的香味在巷尾悄悄地弥漫，就是那个冬夜，邻村要放电影《卖花姑娘》了，姐姐威胁鼻涕虎的他，不许再跟屁虫一样跟着她。但他还是像小特务一样跟上了姐姐，直到邻村的打谷场才被姐姐发现。洋相是看到一半的时候出现的，他本来想控制住自己，偏偏控制不住，先抽泣，后小声哭。姐姐使劲掐他的胳膊，他还是忍不住，号啕起来。姐姐肯定是觉得丢了脸，把他拎了出来（天知道姐姐怎么会有那么大的力气）。那个晚上，电影的后半部是他和姐姐在银幕的背后看的，卖花姑娘成了左撇子。他曾用破脸盆和几根橡皮筋尝试做过《铁道游击队》的土琵琶。为了坚持说城里来的女教师长得就像《刘三姐》中的刘三姐，他和持反对意见的班长打了一架。他站在草垛上，时不时地汲着鼻涕，拿着一截破竹竿，自我感觉就像是在上甘岭，他对着草垛下的同伴大喊，向我开炮！向我——还没有喊完，就哑了口。他听见同伴喊了声父亲的绰号……他离开老家去外地读书，每次走过那些榆树木桥，总是想起瓦尔特。毕业的时刻，他和两个同学去照相馆拍了一张黑白照，一路上唱的就是瓦尔特的歌。还有比《流星花园》里的F4更有星范的迟志强演的《小字辈》，里面的歌曲是《青春多美好》，这个长春电影制片厂出品的电影令他似赫拉巴尔的小说《中魔的人们》中的人物。后来他去扬州读大学，最喜欢去的是专放老电影的地区礼堂，看完《飘》的那个晚上，他从汶河路走回学校，两排高大的榆树叶中闪烁不定的都是郝思嘉、白瑞德的脸。电影《海狼》是他平生第一次逃课看的。大学宿舍里最喜欢唱《花儿为什么这样红》的那个扬州男生是同学中第一个离开人世的，经商失败的他从上海的高楼上一跃而下。看完《红高粱》，他和一群青年教师因为吼了句“喝了咱的酒啊……”，和镇上的小痞子打了平生第一个群架。等到《泰坦尼克号》流行的时候，镇上的电影院早就关掉了，那是他第一次看盗版碟……生活就是这样顺流而下，总在闪回，总在拐弯，最能够担当和拯救的是美妙的音乐。当老约翰·施特劳斯题献给老元帅的《拉德斯基进行曲》响起的时候，他禁不住战栗，带着他手中没有松开的那枝玫瑰一起战栗，那战栗的玫瑰仿佛正在开放。被忽略的，都被音乐偿还；而被忆起的，已化为花香萦绕。在微醺的小城中，在长江的波动里，在吱呀的岁月之轴上，这枝有心人的玫瑰没有辜负那些弦歌不断的岁月。

寂寞小书店

小城很小，小书店更小。小归小，但可以用汪曾祺先生的话来夸它，小但“格”高。

店面开始在靠近商场的一个拐弯处，一到晚上，外面尽是卖烧烤的摊点，那些好书就在那浓烈的尘世味道中等待着我们这些爱书者到来。

可在我的心中，它依然是小城的查令十字街 84 号。我常在那里会见朋友，把小书店作为接头地点，还有那么多心爱的书。我常对迟来的它们想，当年在乡下，如果早有这样一个小书店相伴，我该有什么样的可能呢？

也许是太喜爱了，我常为这家小书店做广告，朋友开玩笑说我收了广告费了。我不在乎这样的误解。曾有来看望我的朋友被我引诱到这家小书店，有很多书就这样搬到了他们的书房里。

——好书，卖好书的书店，总是夸不够的。

小书店的“弗兰克”是小蒋，但不常见他，笑眯眯的老板娘和儿子待在小店里，完全是守株待兔般的买卖。问小蒋干什么去了，老板娘说他去上海或者南京寻新书了，长途夜班车去，再长途夜班车回。

谁能想到，在漆黑的夜里，会有一批批好书向着小城的方向，向着我们的书房做急行军呢？

那些年，小蒋老板找回的书都是叫了板车从车站拖回来的，每次都好几大捆呢。因为老板娘提前通知，我们几个热心的书痴早就守在小蒋的面前，或者干脆帮小蒋把书捆拆开，抓到钟爱的书，就先下手为强。老板娘总是笑着与我们打招呼，说，不好意思，总得让我先登记一下吧。

老板娘的登记簿上有新卖出的书名，也有我们想寻的书名，还有我们的电话号码。大书店里寻不到的书，小蒋大都能帮我们寻到。尤其三联书店的、译林的、上海译文的那些书，印数不多，且很偏门，小蒋肯定是费了不少心思的。

——献给广大的少数人，这句话，可以送给小书店。

一晃十年过去了，小书店的生意一直就这么不咸不淡地做着，小书店快要成为小城的地标了。小蒋的儿子也从幼儿园的小孩变成了初中学生。小蒋依旧在长途车上奔波着，好书们就这样从小蒋的手到小书店再到我的书房。

变故说来就来，即使是这样的小书店，也面临拆迁了。店铺的主人和政府签好了协议，把时间告诉了小蒋，小蒋告诉了我。其实不告诉我也知道了，小城实在太小了，口头消息传播的速度绝对要超过网络。

那个晚上有雨，外面的烧烤没有出摊，小蒋向我表示了继续办书店的想法，他说得很多，我只是听着。其实，实体书店已越来越式微，而且小书店的利润本来就不多，再找店面，如果租金过多，小书店会撑不下去的。那天，我多买了几本相同的好书，我想，好书就多送送朋友吧，也算是对小书店的小小贡献吧。

谁能想到小蒋找到了一家店面，还请我为店起了新名字。新店不再有烧烤了，但是在菜场附近。好在菜场只是早上忙碌，与爱书人的时间恰巧错过。第一次到小蒋的新店，我长舒了一口气，似乎把原来积聚在喉咙口的烧烤味全吐出去了。

新店依旧寂寞，老板娘坐在新书架前织毛衣，听收音机。不过，多养了一条狗。这狗也怪，见到我一点也不认生，似乎它晓得主人要做生意似的。后来，再去看书，这狗总是围着我转来转去，似乎要和我说什么。老板娘告诉我，它是被另一个爱书人宠坏了，它要吃火腿肠。我说哪里来的火腿肠？老板娘说可以去隔壁小店买，狗会带你去的。

我将信将疑，推开门，小狗在前面走。我走得慢，它走得快，好几次，它又折回来等我。花了一块钱买了一根火腿肠，它又带着我往回走，它是要回到店里去吃呢。

因为这狗，我去小书店的次数多了起来，每次一块钱，跟它去买火腿肠，再为它剥开，看着它吃，成了一个开心的节目。这狗也打开了我的记忆，许多往事奔涌而来，比如我小时候被父亲暴打后陪我一起流泪的老黑狗，比如一个大眼睛的男孩常常蹿到他所熟悉的人面前，伸开手命令道，给我五分钱……

寂寞的狗，还有一根寂寞的火腿肠。——这可是查令十字街 84 号所没有的小书店的节目单。

我把小书店的狗与火腿肠的故事讲给朋友听，朋友很有兴趣，也去试了一下。那狗却拒绝了他，狗对他说要去买火腿肠的话不感兴趣。这是我没有想到的。原来小书店的狗并不完全只认火腿肠，它认的是小书店的老顾客，小书店的老顾客身上肯定有它所认同的味道。

一面之交的男孩

那天我站在路边等车。突然，一辆疾驰而来的电动车停在我的面前，电动车的刹车声相当难听，伴之而来的还有一个红衣女人的吼叫，两种声音一起把我从发呆的状态中唤醒。这个红衣女人双手捏住车把，双腿支在地上，冲着我发火，像一根快要爆炸的鞭炮。

我没有辩解，等车的我并没有过错，错的是她为了避让迎头而来的车而拐到了我的身边——你能说人行道旁一动不动的树有过错吗？可那个红衣女人却似乎为了推卸她的责任而先开口为强。看着那个愤怒的红衣女人，我决定不和她辩解，也做好了让这个红衣女人把我炸个人仰马翻的准备。

就在这个时候，红衣女人的手机响了。她停止了对我的爆炸，而把爆炸的方向转到了电话那头的人。红衣女人左一口老子右一口老子，仿佛电话那头是她不争气的儿子。可如果电话那头是她的儿子，那她后座上的男孩又是谁？听了一会儿，才明白电话那头是她的老公，是谈退货的事。

红衣女人在骂老公，电动车后座上的罩着“反穿衣”的男孩忧伤地看着我。那男孩刚刚哭过，长长的眼睫毛上还在滴着泪水。这个拥有大眼睛和长睫毛的男孩给我留下了深刻的印象。

“反穿衣”是罩在羽绒服上的，现在的独生子基本上都不肯这样穿了，主要是太土。应该是过去乡村孩子穿的。可是这个男孩就这样穿着，长长的睫毛上泪水未干。

红衣女人是干什么的？这个男孩又犯了什么错误被他母亲惩罚？

这个红衣女人不会告诉我答案，那个长睫毛的男孩更不会告诉我答案。做过教师的我，很为那个男孩担忧，用训斥喂大的童年，会是一个什么样的童年？

那是一个很奇怪的下午，红衣女人在电话中骂了她老公，又继续训斥我。我闭口不语，只是注视着电动车后面的男孩。那个男孩的黑眼睛，长睫毛，还有长睫毛上欲滴未滴的泪水，构成了一幅令人怜爱的肖像画。

红衣女人后来带着男孩走了，速度依旧那么快。那男孩还扭头瞅我，眼神里有些许的喜悦，他是把我当成和他一起受罚的同学了吗？

很多时候，人海中一面之交的人，就这么擦身而过了。而那个男孩，坐在母亲电动车后座上的男孩，我多么希望红衣女人对我发火的那天，是男孩唯一的雨天。其余的日子，都是好脾气的晴天。

4 月的最后一天

4 月的最后一天，我像一只迟到的鸟儿飞遍了我的平原——风很大，我几乎一动不动地在命运的天空上，像一枚大头钉一样。那些名字，那些我遭遇过的人，也像大头钉一样在我的脑海中闪闪发亮，我应该想起谁？

这么多年了，我们曾从一个地方出发，像三条射线一样，一人一条道路，一人一个方向，相交于一点又不相逢在一起，挣扎，期待，痛苦，徒劳或者梦想……你知不知道，这么多年有多少天，这么多天有多少小时，这么多小时里有多少滴血化作了朝霞？4 月的最后一天，我真的像一只鸟，一只迟到的鸟。我来到坨园，又离开坨园；我抵达垛田，又从垛田出发。在回去的路上，我的目标依旧是我的杂乱的小书房——这一天像不像一场梦，我竟然在梦中梦见了坨园和垛田，为了完成这场梦，我必须像一只鸟，一只风中的鸟努力地飞。

坨园并不是园，而是很奇怪很少见的一座“大坨十字桥”，像命运的十字架，压得你痛苦，你挣脱自己但你如何挣脱自己——我很惊异于这十字桥，那天垰园的风沙很大，中午十一点钟的时光被演绎到大漠之外的阳关，很少有人在街上走动，那十字桥上只有我和你，我们想寻找一家小吃店——但那是徒劳的。饥饿的命运，在这个时代里，似乎只有饥饿的命运在等待着我和你。你说起你的衰老，你说起你的现状，你说的却是我内心不可阻止的忧伤，就像垰园灰暗的河水边的一块灿烂的萝卜花。

垛田也不是田，但你却一天一天地往里面种字，种下一日又一日忙碌的时光。到达垛田已是下午四点钟，阳光斜射到一段已经废弃的公路上——这也许又是一种暗示？我在上面走着，有一只狗走过来嗅了嗅又走了，它对我不感兴趣。公路旁的建筑物上贴满了“××肾宝”的广告纸，这又是一种暗示？我与你坐下，我的声音已经嘶哑，我与你说起垰园。垰园啊，刚刚做过的梦，我们三人，曾一同出现在扬州，出现在我的《老朋友》中。我又说起了另外一些朋友，我愈来愈感到下午的阴影已盈满了整个办公室，使我和你都呈现出一种无法意会的幻影，似乎多年之前或者多年以后我和你就这么对坐着，任桌上的一杯热茶慢慢凉下来，一枚茶叶缓慢地沉到杯底。忽然，我打了一个寒战，我感到了命运之凉。

这一天的梦似乎还没有做完，我还必须回到水边的小屋，赶在5月之前，我得写下我和你的事，我和天空的事。我耳边的风声一阵紧似一阵，我疲惫的身体站在拥挤的车中，我飞着，我爱着，我怜悯着这身体——4月将逝，5月的麦穗还没有坚硬，大地上的人与事会继续被我酿成一种土制的酒，有些辣，有些甜，还有些许的苦涩。我知道，5月也会逝去，我和你还必须在岁月之水中跋涉，我将反复叨念王家新的一句话："我们在我们自己的声音中沉默：谁在说话？"

从格尔木到哈尔盖

格尔木。青藏铁路的确很漂亮，火车更是漂亮。再加上是上午九点钟从拉萨出发的火车，整个白天都在青藏高原上前进。唐古拉山，全球海拔最高的火车站。沱沱河，长江源。无边无际的雪山。和青藏铁路平行的青藏公路。可可西里，火车上的电视反复播放着电影《可可西里》。藏羚羊，我先后看到了不下四十只的藏羚羊。野牦牛，野驴。那原始的风景对于我来说，真是一顿眼睛的大餐。看了整整十四小时之后，就进入了诗人J的格尔木。他留了两箱书的格尔木。他梦想和痛苦的格尔木，也是我梦想和痛苦的格尔木。生活是如此的平庸，而格尔木能够过滤我们生命中平庸的初雪。到达格尔木已经是十二点钟了，幸运的是，火车要停靠二十分钟，我在火车站上给诗人J发了短信息，他很快就回了，说起了已经熔在他生命中的蓝色。我看了短信息后就仰望格尔木的夜空，那星星像钻石菊花一样怒放。我又记起了我在乡下度过的十五年，那是靠友谊和诗歌喂养的寂寞岁月。

德令哈。1988 年 7 月 25 日，一个叫海子的诗人靠近火车窗户，写下了一首《日记》：“姐姐，今夜我在德令哈，夜色笼罩/姐姐，我今夜只有戈壁/……姐姐，今夜我不关心人类，我只想你。”这是海子献给一个出生在青海德令哈的女子的。德令哈就这样种在我的心中。在 2003 年的某一天，我在邮局寄稿子，遇到一个老人要求我帮他寄包裹，并请我为他写地址，那包裹恰恰就是寄往青海德令哈的。那一天，我感到从未有过的幸福，德令哈，德令哈。“除了那些路过的和居住的/德令哈……今夜/这是唯一的，最后的，抒情。/这是唯一的，最后的，草原。”此时，我也经过了德令哈，可已经是夜里四点四十分，仅停两分钟，我只能看着外面黑暗中的德令哈，心中一阵叹息。“我把石头还给石头/让胜利的胜利/今夜青稞只属于她自己/一切都在生长/今夜我只有美丽的戈壁　空空/姐姐，今夜我不关心人类，我只想你。”

哈尔盖。既要去青海湖，又要赶回上海的飞机，在地图上计划了很长时间，就是为了节省时间。女乘务员说可以在哈尔盖下车。一听到哈尔盖，我就想起了《在哈尔盖仰望星空》，看来诗歌的种子还在我的身上不屈不挠地生长。可下了车才知道，哈尔盖是一个非常简陋的小站，它离真正的哈尔盖小镇还有五公里，离哈尔盖所属的青海刚察县有六十公里。站台上的建筑让我想起了 20 世纪 50 年代。没有车可以走，一些不明身份的人围了上来。此时是上午的八点五十分，远处的青海湖湖水荡漾，而湖水的周围是大片大片的油菜花。阳光从纯蓝的天空上打下来，我紧张的心渐渐松弛下来，这是远离我生活的远方，也是快要到达我生活的地方。我在远方的青海，在海子到过的地方，“远在远方的风比远方更远”。

老诗人雷霆的蜗牛车

这些年，很多车因在高速公路上超速而被罚款，而2004年暮春，我却在高速公路上坐上了一辆蜗牛车。蜗牛车的起点是北京，终点为河北廊坊。司机是老诗人雷霆，老爷子当年六十八岁。

那年春天，我去北京鲁迅文学院学习。来京之后，发觉“鲁三”的五十二个作家里就我一个江苏的，来自县城的就几位，还有班上名气大的作家实在太多了。我给老诗人雷霆打了个电话，告诉他我在班上的情况，还说北京的空气太干了，八里庄上空的鸽哨太响了，汇报的语调中带了点暗灰色。老爷子在电话中朗朗一笑，说：“既来之则安之，什么时候，我来找你喝酒！”

老爷子的京片子很养耳朵。

在一个多云的周末，雷霆老师的电话来了，说他就在鲁迅文学院的院子里。我赶紧下楼，看到满头白发的雷霆老师正拢臂斜靠在一辆银色的小汽车上。是长安铃木。雷霆老师说：“上车吧，我们去廊坊喝酒。”

我满有信心地坐上了车，随后发现司机就是雷霆老师。雷霆老师说：“你有什么不放心的，我可开过四九城里第一批摩托车。”这个我信，雷霆老师的诗里永有烈火和青春。他在六十岁生日的时候写给自己：“每一个去年都太年轻！”

穿过北京城，拐上了京津唐高速公路。老顽童雷霆老师“欺骗”了我。他似乎不会开车，他的车一直在慢车道上，速度为最低的六十迈。双车道的京津唐是条老高速公路，车流大，我听得到后面的车急按喇叭的声音，还有超越了我们时司机的国骂声。

雷霆老师肯定也听到了，他对我说：“你肯定很想问我这个老头子为什么开得这么慢？告诉你，我每次上高速，都是这个法定的最低速度。再说，以这个速度开到廊坊，恰好到了喝酒的时间。”

此后，雷霆老师没有再说话。我永远也不会忘记京津唐高速公路这辆蜗牛车，还有在我们后面赶上来并呼啸过去的车辆。

我慢慢平静了下来。

到了廊坊，雷霆老师停了车，他带着我走过一片苹果林。苹果树上满是指头般大的青苹果，它们在树叶中摇动，像是欢迎我们来到廊坊的玉铃铛，可它们并不知道，我刚才的心中，拥有过怎样的风驰电掣。

1934 年的《兴化县小通志》和另一个我

《疆域篇》：1934 年我们老家是有疆域的。它有两个界定：一是兴化县的西界，西至潭沟与高邮分界；二是西北至盐城之沙沟镇为界。我的家乡“黄邳”和我工作的地方“沙沟”恰恰被界定在疆域之外。从这点来说，“黄邳”曾属于高邮，沙沟曾属于“盐城”。后来，两个地方都属于兴化了。因为黄邳距离兴化城只有十八里水路，而距离高邮，则在百里之外。突然就想到了苏童的《1934 年的逃亡》，1934 年，黄邳庄还没有被还乡团的一把大火烧掉。那是一座苏北古镇的模样，庄中央夹沟上的木桥，是一座简单而实用的廊桥。多年以后，我在江西的李坑村看到如此的木廊桥，村民们坐在廊桥的木条上，悠闲自得。

《水名篇》：是流淌在 1934 年的河流。“北曰：乌巾荡、瓦子沟、千步沟、北官河、和尚河、刘家河……”“和尚河”是熟悉的，与之相配的还有淹没在水中的“和尚田”——那是水中相对较浅的河滩，肯定是某个寺庙里和尚的田产了，那么，它是什么时候被淹没的呢？没有记载，仅仅留下了两个名字：和尚河，和尚田。很多年之后，读到汪曾祺先生的《受戒》，总是觉得，这故事在兴化肯定也发生过。

《来水篇》更是震撼，这一篇与我母亲的口头禅就相连上了。在我小时候，母亲总是说，民国二十年上的大水啊。这民国二十年就是《兴化县小通志》中所写的“兴邑上游来水，就辛未决堤洪水之年而论，由高邮而至城区，水头二尺，隔日即到。先是开放三坝，水头五寸，历四五日而沉田……”。民国二十年就是辛未年，而下一个辛未年恰恰是1991年，兴化又一次大水。（这是历史的巧合吗？）瘫在床上的父亲口齿不清地和我谈起民国二十年，他不知道是辛未年。那个夏天，兴化的天空似乎漏了，黄邳四周常常溃堤，而父亲处于病危之中，我在大水中去镇上买他的“老布”，那种水茫茫的感觉，现在想起来还有些心慌。2004年春天，我去鲁迅文学院全国中青年作家第三期高级研讨班学习，当时的国家气象局局长秦大河为我们讲述“气象与国防”这一课。课后，他又邀请我们去国家气象台和国家卫星气象台参观。有两个印象：一是气象预报的专家都比实际年龄要老许多；二是在国家卫星气象台的解说员说到了1991年，国家气象卫星发现中国有一个县消失了，立即报告了国务院，把总理都吓了一跳。那个解说员说，这个县就是江苏的兴化。当时，距父亲去世十年，母亲去世一年。没有了父母的家乡，就这么淹没在卫星云图的雨中。

《忧旱篇》记载了兴化的旱灾。记得父亲在1991年大水之中对我预言过，明年肯定要旱了。果真，1992年兴化人都在抗旱，还动用了人工降雨。在《兴化县小通志》的记载中，民国二十一年也大旱。做了一辈子农民的父亲有许多关于农业的学问，可惜我年轻时一门心思写诗读书，根本就不听父亲的训斥。我曾在《像父亲一样劳动》中写过父亲趁着“五一”劳动节逼我下田学农活的故事。父亲的理由是，只会读书，不会种田，将来怎么养活自己？可惜我明白这一道理太晚了，再加上我和父亲的年龄差距太大（相差四十七岁），很多遗憾，总是如同一个人，一直期盼和渴望风调雨顺，可现实的钟摆总是在“洪灾”和“旱灾”之间摇晃，每个人都得握着一把铁锹，涝时排水，旱时引水。

我最爱的《稻秧篇》：“……慎重之道，简言之昼夜管水是也。譬如习算，加减乘除有一定之方式。又若育婴，饥饱寒暖须调护之得宜。俗称搁秧、放水、加水，三起三落，皆相度冷热、晴雨而调剂之。凡农人望岁，百事而占验于神，惟于此不敢不尽人事，盖一年之望在于斯，固根本之大计也。观其情景，始而嫩黄一片，密细如针，继而浅绿盈框，匀铺若锦。”这一段写得实在是美，顿时想到我和父亲一起住在生产队看水车的草棚里的岁月，看水车就得管秧池。上面的记载就是父亲管秧池的过程。父亲常常夜里起身去放水。我醒来后独自一人，没有灯，外面是蛙声一片，各种鬼的故事浮上心头，常常以泪洗面……后来就睡着了，醒来时还是一个人，草棚外面的太阳已把地上的露珠晒干了。

竟然还有《养鸭篇》！这就与毕飞宇的《地球上的王家庄》和汪曾祺的《鸡鸭名家》相通相连了。《兴化县小通志》中这样写："……少以百计，多以千计，成群结队，日游泳于水田之中，夜归宿于芦栏之内。有鸭司务用小船、长竹以管理之，有特别毛色'号头鸭'以领导之，更有鸭嘴烙成火印以识别之。"父亲很善于养鸭，他给生产队放过一群鸭，照例是带上我上船做伴。那时我似乎是五岁，太小了。父亲带着我带着那群鸭子走了很多地方。很多都记不清了，只记得一个细节，两只鸭子在抢食一条红色的蛇。后来，一只鸭子胜利了，把那条蛇慢慢咽到了肚子里。后来，我也养过一群鸭，同样，也写过养鸭子的小说，一篇叫《鸭子的摇摆》，一篇叫《扁嘴》，但都没有把那年养鸭子的故事全部讲出来。在那年养鸭子的夏天，父亲对我食了言，我养的鸭子被父亲赶到兴化城东门卖掉了，却没有给我买那件最流行的我渴望的蓝色套头绒球衫。

稻米之乡必须有《酒类篇》："……计有白酒、细酒、雪酒、状元红、五加皮酒五种。按其性质，白酒味强，细酒味淡，雪酒味醇，状元红味甜，五加皮酒味苦。"《兴化县小通志》中还记到"凡产于三十六垛者，其原料为芦秫。产于各乡者，一种为大麦酒，谓之'麦烧'，一种为糯米酒，谓之'浆酒’。最佳者则谓之‘元浆’”。后面的两种酒，现在还有。而前面说的那五种酒，我几乎没有听说过，后来我去海安，朋友们除了给我们上特别渴望的麻虾酱，还上了海安特产——“冰雪酒”。靖江叫作“金波酒”。里面都有党参和当归等多种名贵中药，味醇，应该和兴化的“雪酒”是一类的。

“连那里的星星都是湿润的……”这句诗是聂鲁达写的。正好我的朋友金倜君给我寄了一本出版于2013年的《兴化县小通志校注》（以写于1934年的《兴化县小通志》为底本的校注本），翻完之后，这首诗就浮了出来，像是春天里的水面上，忽然钻出了一盘清嫩的菱叶。

我们是自己的邮差

因为喜欢周云蓬的歌，就特地去书店寻了本他写的《春天责备》。《春天责备》的每一篇文章都像是弟弟写给我们的信。写下《中国孩子》的周云蓬，是我们可爱可敬的盲弟弟。其实，我喜欢周云蓬还有一个理由，有一位和周云蓬一样的优秀盲诗人姜庆乙，也是周云蓬的东北老乡，在《诗刊》社第十八届“青春诗会”上，姜庆乙和我们一起登上了黄山，还悄悄带走了一块黄山的小石头。就是这块小石头，和姜庆乙的诗歌一样，后来派上了大用场。

参加那届“青春诗会”的全国共有十四位诗人。指导老师中有写下《中国，我的钥匙丢了》的梁小斌，他曾和舒婷、顾城参加了第一届“青春诗会”。那次，在我们的要求下，梁小斌漫不经心地谈起了第一届“青春诗会”的情况。小气得只肯给一粒葡萄干的杨牧，拎着一书包诗稿的顾城，而舒婷的眼睛很大。多少年之后，有人回忆到第一届“青春诗会”，竟写了一件事："梁小斌吃不饱——在宿舍里偷吃饼干。"后来《作家文摘》转载，为此，梁小斌写了抗议信，但没有用，"偷吃饼干"成了诗人逸事。

就是那届"青春诗会"，邀请了一位盲诗人。和诗人荷马有同样命运的盲诗人姜庆乙，他来自辽宁宽甸。姜庆乙由他弟弟陪着——谁也没有问他的名字，会务组把他的名单打成了"弟弟"——也成了我们共同的"弟弟"。可能是因为好奇，我开始注意姜庆乙——这只能是注意，无意的，同类的，敞开的，而不是"观察"，观察这个词有点霸道。我们的"弟弟"扶着盲诗人姜庆乙，上山——黄山那么险峻。姜庆乙很固执，本来我们劝他不要爬"一线天"和"百步云梯"了，可姜庆乙还是坚持走下来了，站在光明顶上，我"观察"了姜庆乙，这位盲弟弟很平静。为了这次"青春诗会"的黄山，姜庆乙和他的弟弟一起每天都用两个小时爬家乡的黄沂山。这也就是他能够写下那么多美好诗句的原因所在吧。庆乙的母亲，每天都要为热爱诗歌的儿子朗诵四五个小时的书和报刊。朗读与倾听。母亲的嘴唇。儿子的耳朵。还有儿子用盲文板与盲文笔在盲文纸上写下，之后把盲文纸翻过来，用手触摸，然后是儿子的阅读，母亲的倾听和记录——一首首诗就是这样完成的。

应庆乙的要求，我和诗人黑陶各朗诵了一首诗让他用盲文记下。我们朗诵，他用盲文笔在嗒嗒嗒地刻写。只一瞬，他就记下了我的《活下去，并且赞美》和黑陶的《漆蓝之夜》。然后他朗诵，一行又一行，我和黑陶为之都没说话。我取过那铜制的盲文板，已坏了很多，用锡焊了许多处，上面刻有厂家“沈阳建新工厂”，这“建”还是简化字，年代已久了，铜的——其实是金质的盲文板在微微颤动。我们的弟弟，盲弟弟，一边经营着他的盲人按摩所，一边用诗歌挑战这个世界。

那次在黄山上，姜庆乙悄悄捡了一块石头。庆乙把那块石头藏在手心三年。后来，他遇到了一个女大学生明姑娘，明姑娘爱他的诗，庆乙爱明姑娘的心。两个人结婚了。结婚典礼上互赠礼物，我们的诗人弟弟很有诗意，送给新娘的是一块石头，就是那次从黄山“青春诗会”上捡回的石头！从网上看到这则新闻，我为我们的弟弟庆乙祝福，也一下理解了我们弟弟的诗句：“没有地址我们继续活着/我们是自己的邮差。”

闯入城市的狗

来到城市里谋生的诗人老崔很想念老家的狗。

他还写了一首诗《城市与狗》，在诗中，老崔把狗当成了兄弟。这首诗发表后，我们几个朋友就多了一件事，常常指着街上走过的狗对他说，看看啊，你的狗兄弟！

狗兄弟怎么了？老崔并不恼，笑着说，我看这世界上，能与狗平起平坐的不多。

接着，老崔就会说起他的爱狗经，狗有那么多的长处，甚至很多是人都无法企及的。说到最后，老崔还要感慨一番，要说狗的好，还是我们乡下的狗好。

可乡下的狗都闯入城市里了，比如我，比如老崔。

在城市里谋生，真是不像在乡村生活，父母亲都无法照顾了。老崔的老母亲就是在他出差在外的过程中病危的，待他丢下手中的工作赶回老家，母亲已离开了人世。

母亲去世了，老崔最挂念的就是老父亲了。本来老父亲身体就不好，总以为父亲会走在母亲的前面，想不到母亲走在了父亲的前面。病中的老父亲怕连累儿子，悄悄积攒着安眠药，待他积攒到快一小瓶的时候，老崔把它偷偷扔掉了。

可能因为这样的事，老崔就改变了工作的节奏，隔三岔五地回老家看父亲。送药、送食品、送衣服。老父亲开始还嘟囔，让儿子回城工作，不要惦记他。

老崔跟我说，老头子嘴上这样说，其实心里总是盼着他回去。

那天下午，父亲突然打电话给老崔，说他的身体有些不舒服。老崔一惊，先是打电话给表弟，让表弟带父亲去医院看看，然后就跟朋友借了辆车，准备回老家。

这是一个秋天的下午，老家的土地上都是老崔歌颂过的植物——玉米、水稻、湖桑、向日葵、花生，还有因为价格低廉几乎没有人去收摘的压满枝头的银杏……

也许因为是借来的车，老崔开得很谨慎，刹车用得很多，就像他一颗忐忑的心。

很有意味的是，快到老家的时候，在乡村简易公路的两侧，出现了好多条狗，仿佛是在迎接这个写过《城市与狗》的诗人，也仿佛是在责怪这个逃离乡村的狗兄弟。

本来想在第二天回去，可到了老家之后，就有电话追了过来，像一条“狗索”把老崔往回拉，老崔必须要在今天晚上回去。

好在老父亲的身体还是老毛病，没有什么大碍。

吃完晚饭，沿着乡村简易公路回城，车灯妄图穿透漆黑的乡村夜色，可这是徒劳的。被车灯撕开的夜色又合了起来，把两侧的湖桑田完全包裹了起来，一点痕迹也没有。

突然，就听到车子咚的一声，接着，就听到了一只狗急促的哀叫声。

肯定是狗被撞了！

老崔下了车，看不见狗，被撞的狗已消失在湖桑田中了，哀叫声越来越远。

说不定就是迎接老崔回来的那群狗中的一只，说不定这只狗兄弟是想和诗人老崔说说心里话。

我开得不快的。老崔上了车，自言自语，晚上没有什么事站在路边干什么！

老崔很心疼这只狗，在接下来两个半小时的回程中，他反复地重复着这两句话，把陪他一起回老家的我的耳朵都磨出了老茧。

我不能回答他，回到城里，他把这个故事告诉了很多朋友，那两句话肯定是要重复的。

我开得不快的。

晚上没有什么事站在路边干什么！

狗兄弟，你们能回答他吗？

大风中的静默

“这是收割后的村庄。像产后安详的母亲。草垛与草垛之间有一轮红月亮，那是我悬着的心脏。你注意到了吗？”“在浴室里听擦背师傅唱淮剧大悲调，我沉静在故乡的浓雾里。在这种氛围里，我对淮剧有了一种全新的触摸，它是深秋时节乡村割草人歇晌时静坐在田埂上的一声叹息。”

“岁月的更替——不，更为具体、更为可以触摸的是季节的轮换，给予我们多少伤感和庄严啊。初春的清晨，寒意未消，而到了中午，温暖阔大的阳光透过干枯的树枝，空气中浮动着绿色——这一切是我午睡起床后感觉到的。穿行在城市的阳光里，怀念郊外水边的鸭群和那些放肆地开着的油菜花，心中涌起多少沧桑——”

读着昕晨的这些句子，我固执地认为诗歌是他灵魂的手写体。他身上住着那个偏远的特庸中学。他身上住着很多乡村的清晨、傍晚和四季。

我和他之间，有一条冬青树簇拥的幽亮小道。那是20世纪80年代诗歌的春天，如日中天的《诗歌报》用一个专版推介了昕晨和另一位诗人的作品。在那个年轻人对诗歌如宗教般信仰的岁月，昕晨收到全国各地数百位陌生读者的来信，其中有封信就是我写给他的。

昕晨的“回信”很特别，一个星期天的上午，他直接从盐城来到我那总是漏雨的宿舍前，并用他特有的男中音呼喊我的名字。这是我和昕晨友谊之路的起点，他用上了自己的休息时间，乘公交，搭机动船，又去租了一辆自行车，再过了几个渡口，才来到我所在的学校。“苦于叫不出乡间那些土生土长的花草的名字，它们是我的兄弟姐妹。”昕晨无愧于苏北平原上的“别林斯基”。在蒙霜的早晨，在诗歌的微波塔下，诗人胡弦啊，姜桦啊，金倜啊，早和我一样，把昕晨当成文学的长兄。我的诗歌，我的阅读，在昕晨的指导下，慢慢开阔起来。昕晨向我推荐诗歌民刊《倾向》，推荐苇岸和《大地上的事情》，推荐王家新和《最明亮和最黑暗的》，推荐圣埃克苏佩里和他的《小王子》。而苇岸和王家新这两个人的文字，切切实实地滋润了我。或者说，在我的文字中，可以找到这两个人的影响。

当时，昕晨在他的报社办了一个《当代人》的人文专版，几乎每期都寄给我——他用特富有书卷气的钢笔字书写的我的名字。昕晨用的是英雄牌墨水，纯蓝色的。我没有放过《当代人》上的每一个文字。昕晨在《一声叹息》中怀念的王敦洲是当时的主笔，在王敦洲的指导下，我爱上了他所研究的鲁迅先生。王敦洲所喜欢的英国作家乔治·吉辛《四季随笔》，直接构成我的网名。

那时候的苏北平原上，不知道有多少像我这样处于飘零状态的兄弟受过昕晨的关照。我的那位去青海江仓谋生的文学兄弟宗崇茂就常常收到昕晨的回信。青海很冷，很寂寞，昕晨的信很温暖。

“今天下午又起了大风，什么活也干不成，我们都歇在帐篷里。此刻你的来信我已一连看了好几遍。那帮民工兄弟也在笑痴痴地望着我，仿佛我是一个偷食了美味的孩子。他们要求我念给他们听听。我就把大部分的章节读出声来，他们竟然深有体会似的不住点头。读毕，整个帐篷静默了好一阵。”

这是大风中帐篷里的朗诵，宗崇茂用他的朗读在风声中顽强地传递这位文学大哥的声音。我会永远记住青海江仓的静默。这是大风中的静默。对于这个嘈杂的世界，如此的静默实在是太少了。

北京之夜

我和我的朋友们一起搞过一个很无聊也很认真的游戏。

游戏的话题很简单，自己说出自己的前世是什么角色。朋友们纷纷说出了自己不凡的前世，大多都是伟人转世，而我则说我的前世是一条狗。

朋友们都笑了。

我接着说，那不是一条爱啃肉骨头的狗，而是一条爱书的狗，爱待在私塾外偷听先生讲书的狗。

朋友们相信了，对于我这样一个书痴，家中的书房早已乱书成山，爱人和孩子都抗议过，但我依旧喜欢购书，遇到自己喜欢的书，如果买不到，那是会得相思病的。所以，我认定我就是那条偷听书的狗，这辈子转世转到这世上，就是来续书缘的。

记得我读的第一部大书是《水浒传》，是上海人民出版社出的上中下三册的那种，墨绿色封面，翻开封面，就是一大段毛主席语录。与它相逢时我十三岁，正在离家十里外的公社中学上初三。是爱听广播评书的同桌借给我的，他先借了我上册。

借到这本书的那天，刚刚下了一场雨，我怀抱它走了十里泥泞的路，回到家里就看了起来。当时的煤油是很紧张的，严厉的父亲看我看得那么投入，就问了一句，看的是“大书”吧？“大书”的意思是闲书。我听了之后，心猛然狂跳起来，如果父亲知道我二流子般在看“大书”，他一定会将书撕掉，再痛打我一顿。

偏偏就在那个时候，我开始了有生以来的第一次“虚构”。我说，什么“大书”，这是课本！是先生叫我们看的！我之所以有胆量“虚构”，是因为父亲是文盲，母亲是文盲，我姐姐同样是文盲。

父亲听到我说是先生要看的课本，不再说话了。父亲辛劳的一生中，最为敬畏的有两种人：一是干部，二是先生。

就这样，连续三个星期，我看完了第一部名著《水浒传》。一晃这么多年过去了，父亲根本就不知道我当年撒了谎。直到他去世，他也不知道我一直是在梦想做一名作家。

2004年，我去北京参加鲁迅文学院全国中青年作家第三期高级研讨班学习。鲁迅文学院有个从当年文学讲习所就累积下来的老图书馆，院里的图书都是20世纪80年代初出版的外国文学作品，在市场上基本已绝版。借书卡上前面借的人都是在鲁迅文学院就读过的名作家，比如王安忆，比如莫言，比如陈世旭，比如余华。余华借看过的一本是《辛格短篇小说选》，上面还有余华用铅笔做的记号，难怪余华那么喜欢辛格的《傻瓜吉姆佩尔》。

突然，我在鲁院图书馆里看到了墨绿色封面的《水浒传》，就是二十多年前的那个版本，我把这三册和我年龄差不多的书一起借了过来。晚上，我在宿舍里翻着它们，无法入眠，就像遇到了失联多年的恩人，我想说的话很多，可我说不出来，又不能冷静地阅读，只是翻一遍，翻一遍，再翻一遍。

那个北京之夜，风很小，也很大。

寂寞小书

寂寞就是一个小个子男人，他俯撑在地上，不停地做着俯卧撑。他折磨着自己向下，向下，再向下——直至胸大肌发达像女人，那是他胸前的寂寞。他的俯卧撑的寂寞，用双手吃力支撑的寂寞，他最后趴在地上，一动不动的寂寞。

忽视他的寂寞吧，转过身来，请跟我一起，多多拥抱这个世界。